나랑
상관없음

* 모든 역주는 옮긴이 주입니다.

나랑 상관없음

초판 1쇄 인쇄 2014년 12월 12일
초판 1쇄 발행 2014년 12월 19일

지은이 모니카 사볼로
옮긴이 이선민

책임편집 주리아
책임디자인 김혜림

펴낸이 이상순
주 간 서인찬
편집장 박윤주
기획편집 유명화, 김설아, 서한솔
디자인 유영준
마케팅 홍보 이상광, 이병구, 김태양, 박순주

펴낸곳 (주)도서출판 아름다운사람들
문학테라피는 (주)도서출판 아름다운사람들의 임프린트입니다.
주소 (413-756) 경기도 파주시 회동길 103
대표전화 031-955-1001 **팩스** 031-955-1083
이메일 books777@naver.com **홈페이지** www.books114.net

TOUT CELA N'A RIEN A VOIR AVEC MOI by Monica Sabolo

나랑 상관없음

모니카 사볼로 지음
이선민 옮김

문학테라피

목차

1장 눈멈 —— 6

2장 과거 —— 82

1장

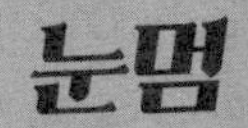
눈멈

맨 먼저 사랑에 눈머는 현상에 대해 알아보자. 한 인간이 자존심을 내세우며 마음 내키는 대로 살아가다가 어떻게 느닷없이 이 고칠 수 없는 병에 걸리는지 말이다. 이 불치병의 징후를 찾아내는 일은 학문적으로 의미가 있다. 병의 징조는 불길처럼 타오르며 경고를 날리는데, 정작 인간은 어린애처럼 순진한 미소를 지으며 아무 생각 없이 그 불길을 가로지르기 때문이다. 끌려가는 곳이 제단인지도 모르고 말이다.

1912년 4월 10일, 사우샘프턴 항구를 출항하는 타이태닉호.

넥타이 증후군

MS가 알렉산드라 M에게.

2011년 1월 30일 오후 6시 40분에 보낸 이메일 발췌.

영화 분야 편집장을 구한 것 같아.

예전에 '아주 젊고 유능한 사람'이라고 애기가 한 번 나왔던 남자 있잖아.

내가 연락해서 카페 드플로르에서 만나자고 약속을 잡았어. 그러면서 만날 때 알아볼 수 있는 표시를 알려 달라고 했더니, 글쎄 "넥타이를 매고 나갈게요."라고 하는 거야. 좀 엉뚱하지?

정말로 넥타이를 매고 있더라고. 키 크고 아주 젊어 보였는데, 괜히 나이 든 척 하는 거 있지. 그렇게 단정해 보이지도 않고. 갑자기 주머니에서 프랑프리[1] 영수증을 여러 장 꺼내 놓기에 봤더니 거기에 그날 이야기 나눌 주제에 대한 이런 저런 생각을 끄적거려 놓았더라고. 그런데 대부분 엉뚱한 생각이었어. 이야기를 대강 끝마치고 나서, 라뒤레 과자점에 같이 가자고 했어.

---

1) 프랑스의 대중적인 슈퍼마켓.

가더니 분홍 를리지외즈[2]를 집어 드는 거야. (하하하)
서로 반쪽씩 나눠 먹었어.
당연히 그 사람한테 편집장 자리를 제안했지.

알렉산드라 M이 MS에게.

2011년 1월 30일 오후 9시 28분에 보낸 이메일 발췌.

"넥타이를 매고 나갈게요."????

2) '수녀'란 뜻. 수녀 모양으로 슈를 쌓은 디저트.

사랑의 묘약(Le Philtre)

남성 명사. 라틴어 필트룸(philtrum)과 '사랑하다'라는 뜻의 동사 필레인(philein)에서 파생된 그리스어 필트론(philtron)에서 받아들인 차용어. 격정적이고 치명적인 연정을 불러일으키는 마법의 액체. '트리스탄과 이졸데는 왕이 마셔야 할 사랑의 묘약을 실수로 마셨다.' 아카데미 프랑세즈 사전에 나타난 정의다. (1986년 판)

MS가 알렉산드라 M에게.

2011년 2월 14일 오전 10시 28분에 보낸 이메일 발췌.

P.S. 내 책상 바로 맞은편이 그 남자 자리야.

내 다리를 쭉 뻗기만 하면, 그 남자 발에 닿을 거리이지.

라뒤레의 분홍 를리지외즈.

사랑에 쉽게 빠지는 병의
결정적 원인에 관한 전문적 접근

2011년 2월 14일부터 4월 19일(총 근무일 47일)에 걸쳐, 이시레물리노시 드골 거리 234번지 소재 XXXX 잡지사 건물 내 XX의 등장에 관한 자료 조사를 기반으로 이루어진 연구.

연구 대상 XX와 관련해 수집한 자료.

비상식적으로 늦게 출근함(오전 11시에서 오후 3시 사이). 대중없음. 책상은 꼭 질풍노도의 시기를 겪는 청소년의 방을 보는 듯함. 뼛속까지 오만한 인간. 반사회적 행동(실어증, 평소 늘 헤드셋 착용)을 보임. 만성 수면 부족 및 불법 마약 복용을 의심케 하는 창백한 얼굴색. '쿨'한 이미지를 추구하는 액세서리 착용 : 47일 중 39일 넥타이 착용, 빨강 베스파 스쿠터를 탈 때 낡은 헬멧 착용, 건물 안에서도 선글라스 착용.

연구 대상 MS에게서 동시에 관찰되는
긍정적 및 부정적 생리 현상과 관련해 수집한 자료.

신진대사 기능 저하 및 영양실조(식욕 부진, 허기증, 니코틴 과다 복용). 정신의학적 증상(XX가 있을 때 이상행복감. 의기소침. 집중력 약화. 본의 아니게 광적으로 한 가지 문제를 집착해서 떠올리려는 충동을 느낌.-MS는 책상 밑에서 자신의 발과 XX의 발이 맞닿을 가능성에 대해 끊임없이 생각함). 신경계 증상(정신착란, 떨림, 의식 저하, '테니스'라는 단어를 써야 할 때 '페니스'가 툭 튀어나오는 등의 언어 장애). 심장병 증상(두근거림).

사무실 배치도

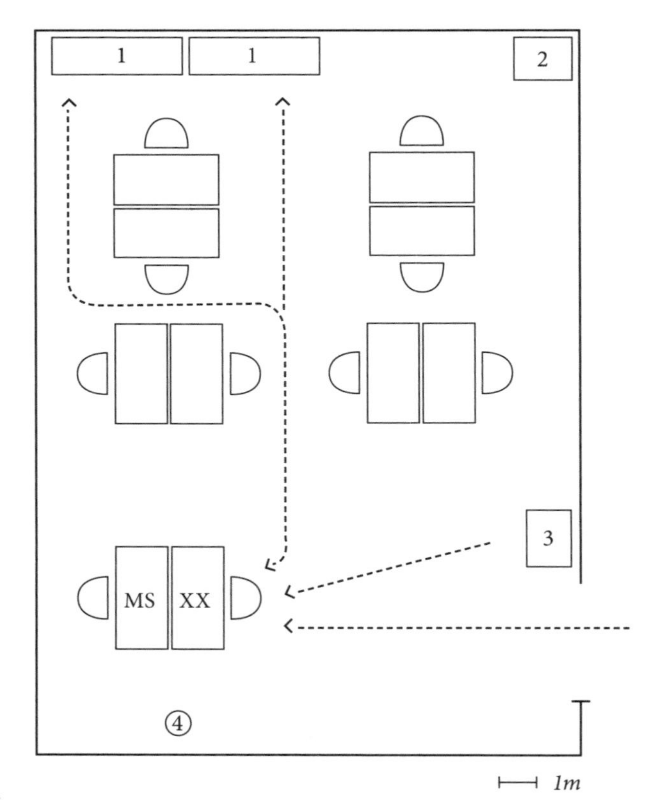

(사무실 단면도)

1. 서랍.
2. 프린터/복사기.
3. 커피 머신.
4. 옷걸이.

---- XX가 주로 다니는 경로.

MS와 XX의 접촉 보고서

MS가 알렉산드라 M에게.

2011년 3월 2일 오후 9시 28분에 보낸 이메일 발췌.

오늘 저녁 퇴근길에 그 남자가 나를 스쿠터로 바래다줬어. 도중에 (그 남자가 먼저 제안해서) 간단하게 술도 한잔 했어. 그 남자, 말이라고는 한 세 마디 했나? 그 남자 라이터를 몰래 훔쳤어.

2011년 3월 10일. 카페 르로스탕, 파리 6구. 저녁 7시 45분~8시 30분.

맥주 한 잔/화이트와인 두 잔.

수집 정보 : 그 사람이 가장 좋아하는 영화 다섯 편과 책 다섯 권이 무엇인지만 알면 그 사람이 어떤 사람인지 제대로 판단할 수 있다고 생각함. 가장 좋아하는 영화 다섯 편과 책 다섯 권이 무엇이냐는 질문에(지나치게 사적인 질문이라며) 대답을 거부함. 아오야마 신지에 관한 기획 단행본의 저자임(엄청 허세를 부림). 나눠서 계산함.

신체적 접촉 : 없음.

파란 라이터.

2011년 3월 14일. 카페 르프티 쉬스, 파리 6구. 저녁 8시~8시 30분.

맥주 한 잔/화이트와인 한 잔.

수집 정보 : 레이캬비크 혹은 샌프란시스코에서 살고 싶어 함. 손톱을 물어뜯음. 프레데리크 베르테의 소설 《단조로운 여름날》(이 소설 제목을 언급할 때 상기돼 보임)에서 정의된 사람과 같은 '문제 해결사'가 되길 원함. '누군가'와 저녁 약속이 있다고 함. 얻어먹음(눈치 보는 기색이 전혀 없음).

신체적 접촉 : 없음.

노란 라이터.

2011년 3월 20일. 카페 르마담, 파리 6구. 저녁 8시 30분~9시 30분.

코카콜라 한 잔/화이트와인 한 잔.

수집 정보 : 감기에 걸림. 살면서 굳이 주변에 누가 있을 필요가 없다고 얘기함. 남동생이 한 명 있음(티격태격하는 사이). 어릴 때 플루트를 연주했음. 반항심에 악기를 운동 가방에 넣어 벤치에 두 번씩이나 버렸음(집요한 성격). 나눠서 계산함.

신체적 접촉 : 없음.

다색 줄무늬 라이터.

2011년 3월 23일. 카페 르마담. 파리 6구. 저녁 9시 10분~10시.

맥주 한 잔 + 제트 뱅세트[3] 한 잔/화이트와인 세 잔.

수집 정보 : 작년에 그 '누군가'와 사귀었음(동성애?). 키아라 마스트로야니[4]와 친분이 있음. 그녀가 매력적이라고 생각함. 뱀장어 요리와 문어 샐러드를 좋아함. 치명적인 살인 미소를 날림.

신체적 접촉 : 없음.

빨간 라이터.

3) 민트 리큐어 제품명.

4) 프랑스 여배우 카트린느 드뇌브의 딸.

2011년 3월 23일. 카페 뒤메트로, 파리 6구. 저녁 8시 20분~9시.

화이트와인 한 잔/화이트와인 한 잔.

수집 정보 : 침묵이 흘러도 불편해하지 않음. 상대방이 당황스러워하는 것을 알아채지 못하는 것처럼 보임. 하지만 상대방이 새로 커트한 머리는 바로 알아채고 한마디 함. 최근 들어 자신이 가지고 있던 라이터를 모조리 잃어버린 사실을 알게 됨. 혼자 계산함.

신체적 접촉 : 없음.

냅킨.

추억의 물건들

알렉시스 M, 제네바, 1988년 10월~1989년 4월.

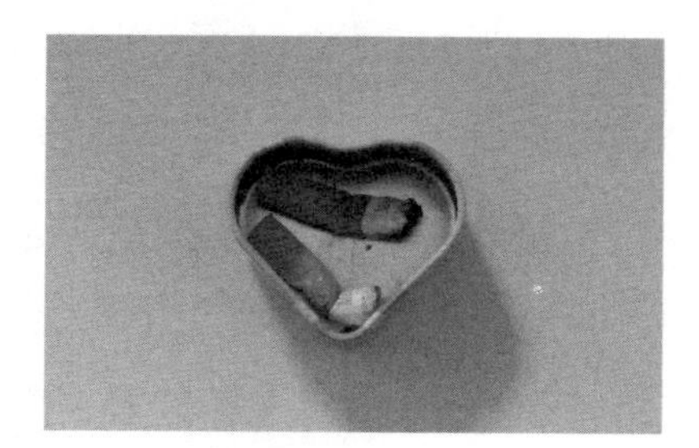

말보로 레드 담배꽁초.

에티엔느 D, 로잔느, 1989년 4월 11일.

포크.

메흐디 E, 제네바, 1992년.

회색 및 검정 줄무늬가 있는 아페쎄(APC) 모직 머플러.

제레미 B, 파리, 1993년 11월.

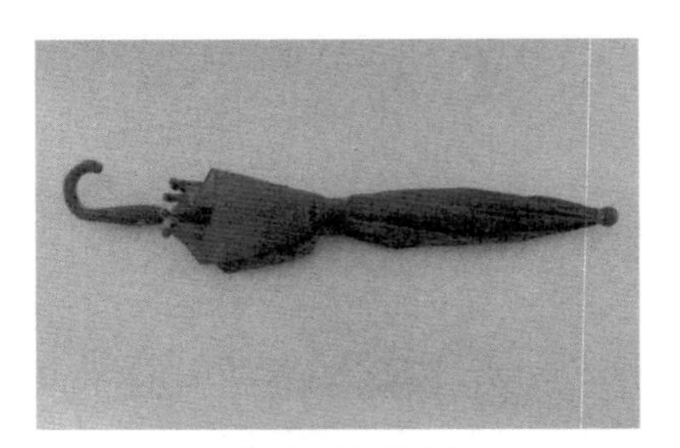

살 두 개가 부러진 우산.

미쉘??, 메제브, 1997년 2월.

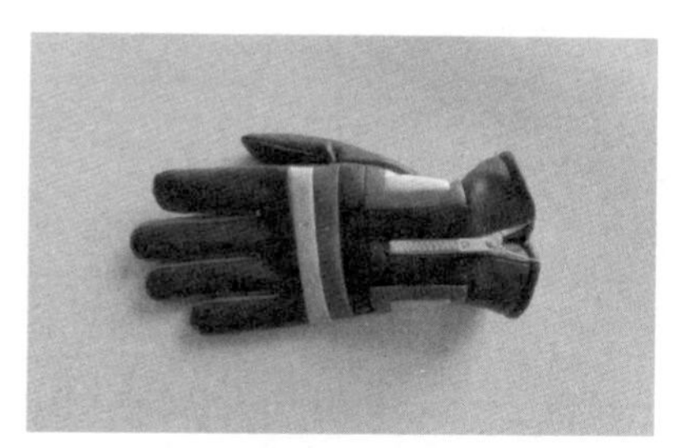

르꼬끄 스포르티브 삼색 스키 장갑.

선물

MS가 알렉산드라 M에게.

2011년 4월 4일 오전 10시 28분에 보낸 이메일 발췌.

그 남자가 책을 한 권 줬어(점심시간 끝나고 내 책상 위에 올려놓았더라고)! 뒤표지에 나와 있는 책 소개 내용이야. '라파엘 다임러, 어딘지 모르게 일 처리가 허술한 탐정. 작가 프레데리크 베르테는 《다임러는 떠나고》의 주인공을 이렇게 소개한다. 하지만 정작 라파엘 다임러는 주인공이라기보다 '안티 히어로'에 가깝다. 그는 사랑에 빠졌다가 버림받고서 쇠 포크를 엿가락처럼 구부리는 정신과 의사 유리 겔라를 찾아간다. 유리 겔라는 주인공에게서 사랑하는 여인의 사진을 모두 훔쳐가 버린다.'

소사 소사 맙소사!

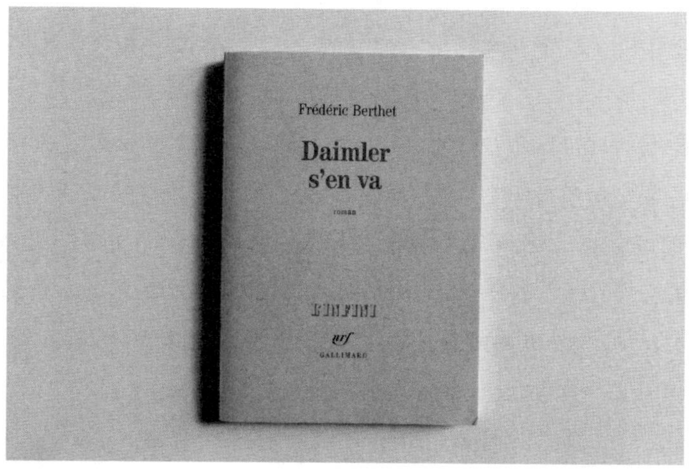

프레데리크 베르테, 《다임러는 떠나고》, 갈리마르 출판사 '랭피니' 컬렉션.
포장된 모습/포장을 푼 모습.

편지 1

프레데리크 베르테 귀하

드노엘 출판사

쉐르슈미디 거리 9번지

파리 6구

베르테 선생님,

출판사를 통해 주소를 받아 이렇게 편지를 보냅니다. 제 마음에서 도무지 떨쳐 낼 수 없는 애정 문제로 끙끙거리다가 최근에 선생님의 책을 찾아보게 되었습니다. 먼저 선생님께 찬사를 보내고 싶습니다. 그런데 안타깝게도 2006년 드노엘 출판사에서 출간한 단편소설집 《다임러는 떠나고》는 구하기가 힘들었습니다. 발간 부서에 연락까지 취해 보았는데, 지금 현재로서는 재판을 찍을 계획이 없다고 했습니다. 그래서 정중히 부탁을 드리고 싶습니다. 이 책을 저한테 한 권 보내 주실 수 있으신지요(당연히 우편 비용은 제가 지불하겠습니다).

이렇게 부탁을 드리게 된 데에는 문학적 호기심(익살스러우면서도 음울한 분위기가 동시에 느껴지는 문체에 절로 감탄이 나옵니다) 때문이기도 하고

개인적으로 심리 문제를 해결하는 데 필요하기 때문이기도 합니다. 이 책을 읽어 보면, 선생님께서 글 속에 묘사해 놓으신 남자와 유사한, 미성숙하고 짓눌려 있는 현실 속 남자들을 이해하는 데 정말로 도움이 될 것 같아서요. 이러한 남자들은 "스파이가 될 테야."라든지 "프레데리크 베르테의 《단조로운 여름날》에 나오는 '문제 해결사' 같은 사람이 되고 싶어." 라는 말을 내뱉습니다. 도대체 이게 어떤 의미일까요? 이런 말을 하는 남자는 과연 사랑에 빠진 남자일까요? 책이 절판되었다고 해서 그 속에서 해답을 찾는 일을 멈춰야 한다면 삶이 너무도 고될 것 같습니다.

그럼 이만 줄이겠습니다.

MS 올림.

알렉산드라 M이 MS에게.

2011년 4월 14일 오전 10시 28분에 보낸 이메일 발췌.

칸에서 상영된 단편들을 봤어. 네가 그 남자를 어떻게 생각하는지 눈에 딱 보이더라. 물론 내 눈엔 면상을 한 대 확 갈겨 주고 싶은 욕구를 유발하는 남자처럼 보였지만 말이야. 아무래도 내 눈이 좀 더 객관적이라고 할 수 있지 않겠니. 그나저나 그 남자 머리가 벗겨졌는지 어떤지 제대로 못 봤어(화면을 확대해서 볼 수가 없더라고).

P.S. 그 남자는 늘 그렇게 선글라스를 쓰고 있니? 〈하트비트〉 영상 소개하는 날 엄청 흐렸잖아, 곧 비가 쏟아질 것 같은 날씨였는데.

편지 2

베르테 선생님,

선생님께 또다시 편지를 올리게 되었습니다. 끔찍하게도 선생님께서 돌아가셨다는 사실을 알게 되었거든요. 2003년 12월 24일 밤부터 25일 사이에, 아마도 심장마비로 숨을 거두신 것 같네요('술과 우울증' 문제를 언급해 놓은 곳도 있네요). 이 소식을 접하고 저는 슬픔에 빠졌습니다. 더는 이 세상 사람이 아니라는 사실이 선생님을 아무리 잡으려 해도 잡히지 않는 남자의 원형으로 만들어 버렸기 때문이에요. 또 한 가지 솔직히 말씀드리자면, 선생님의 대답을 일종의 계시처럼 기다렸거든요.

고인이 된 작가에게 편지를 쓰는 일이 정신이상행동으로 보일 수도 있다는 것을 당연히 알고 있습니다. 하지만 영적이고 편지 쓰기를 광적으로 좋아하신(선생님께서 쓰신 편지를 타블롱드 출판사에서 《편지, 1973-2003》이라는 제목으로 출간한 사실을 아시면 기쁘실 텐데요) 선생님께서는 기분 나빠하시지 않을 거라 감히 생각해 봅니다. 이렇게 편지를 쓰면, 비록 선생님께서 이 세상에 없는 사람일지라도, 제게 어떤 깨우침을 주시거나 적어도 마음을 가라앉혀 주실 거라는 생각이 들었습니다.

전에 보내 드린 편지에서 말씀드렸듯이, 선생님께서는 제가 아는 한 남자를 많이 떠올리게 합니다. 그 남자는 아직 심장마비로 숨을 거두지도 않았는데(술에 대한 애정과 우울증은 확실히 있는 남자입니다) 제 손에 잡히지 않기는 매한가지이네요. 매력적이지만 의뭉스러운 이 남자에 관한 질문을 종이 위에 써 내려가다 보면 깨달음을 얻을 수 있을까요? 선생님께서 뭐라고 기별이라도 보내 주시면 좋을 텐데요. 지금 계신 그곳에서는 아마도 자유 시간을 마음껏 누리실 테고, 편지지도 있을 테니까요.

안녕히 계세요.

MS 올림.

프레데리크 베르테, 《파리-베리》, 타블롱드 출판사.
프레데리크 베르테, 《편지, 1973-2003》, 타블롱드 출판사.
프레데리크 베르테, 《'휴전' 일지》, 갈리마르 출판사 '랭피니' 컬렉션.
프레데리크 베르테, 《펠리시다드》, 갈리마르 출판사 '랭피니' 컬렉션.

불면증에 관해

"다임러는 한밤중에 잠에서 깬다. 천천히 눈을 뜨고 꼼짝하지 않는다. 숨소리가 줄곧 규칙적이다. 위험할 게 전혀 없다는 확신이 들면, 그제야 몸을 일으켜 부엌으로 가 물 한 잔을 마신다."

프레데리크 베르테의 《다임러는 떠나고》 중 발췌.

물컵.

신화적 장소

"그런데 며칠 전 저녁, 파리의 구석진 동네를 지나다가 식당 하나가 눈에 들어왔어. 동네 주민들이나 일요일 저녁에 찾을 만한 식당이었지. 우리를 알아보는 사람을 만날 일이 전혀 없을 것 같은 식당 말이야. 그런 식당을 볼 때면, 나도 모르게 널 떠올리고 우리가 함께 갈 만한 장소 리스트에 그곳을 올리곤 해.

이 지구상에는 어딘가에 평행을 이루는 세상이 존재하지. 내가 조안나와 함께 인생을 보내고, 나에게 일어나는 어떤 일도 온전히 받아들일 수 있는 그런 세상. 아무래도 내가 거절당하지 않을 유일한 대상은 너뿐이었지 싶다."

프레데리크 베르테의 《'휴전' 일지》 중 발췌.

베르테 선생님,

어쩜 선생님의 마음이 이리도 와 닿을까요. 저 역시 그러한 장소 리스트가 끝없이 늘어서 있답니다. 선생님과 닮았다는 그 남자와 함께 갈 만한 장소는 물론이고, 그 남자가 평소에 자주 들르는 장소부터 그 남자가 갈 법한 장소, 저는 가지만 그 남자는 갈 일이 없는 장소, 그 남자와 제가 함께 갔던 장소(이곳을 적을 때에는 형광펜을 쓰지요), 함께 갈 계획을 세운 장소, 안될 걸 뻔히 알면서도 그 남자를 데리고 갈 기대를 안고 있는 곳까지 말입니다. 여기서 끝이 아니죠. 이러한 장소들 사이사이마다 그의 빨간 스쿠터 뒷자리에 앉아서 보았던 무수한 길도 있지요. 그 남자가 불쑥 튀어 나올 법한 길부터, 그 남자가 집으로 돌아가는 길에 지나는 길, 그 남자가 갈 만한 장소들 중 한 곳에 들어서기 전에 주차하는 모습이 머릿속에 그려지는 길, 그 남자가 지나갈 이유는 전혀 없지만 혹시나 지날지도 모르는 길까지 말입니다. 베르테 선생님, 복잡하게 얽힌 도시 지리를 공부하는 일과 (사랑을) 운반하는 일은 고통스럽기 짝이 없네요.

MS 올림.

징조

징조라는 것은 미래를 알려 주는 신의 현현(顯現)이라 할 수 있는데, 슬픈 사랑이 예고된 특수한 상황에서는 결코 무시할 수 없는 도구로 쓸 수 있다.

그런데 안타깝게도 징조가 서구 사회에서는 그만한 대접을 받지 못하고 있다. 예를 들어, 현대 도시 문명에서는 동물점(hepatoscopy)[5]과 같은 신탁 행위를 찾아보기 힘들다. 또한 하천이 범람하거나 지진이 발생하는 빈도가 극히 줄어들고 도시에서 맹금류가 사라지면서 자연 현상을 해석하는 일은 무의미한 일이 되고 말았다. 그렇다고 해서 징조에 민감한 사람들이 모두 낙담할 필요는 없다. 비교적 손쉽게 쓸 수 있는 수단이 있으니까. 무엇이든 금방 수용하는 의식 상태에 빠지기만 하면 된다. 하지만 안타깝게도 사람의 의식은 다양한 이유로 변질되기도 한다. 그렇게 되면 신의 신호를 경험에 의거해 곡해하게 되고, 그러는 동안 비극은 시작되고 만다.

5) 제물로 바친 짐승의 간으로 점을 치는 것.

A. 발단

장소 : 칸영화제.

날짜 : 2011년 5월 18일 밤 10시 30분부터 다음 날 새벽 4시 30분 사이.

상황 : 〈멜랑콜리아〉 파티, 칸 해변.

배경음악 : 리오(Lio)의 〈외로운 연인들(유일하게 흘러나온 음악)〉

불씨를 당긴 사건 : "날 좀 안아 주면 안 돼?(MS가 새벽 3시 12분에 변질된 의식 상태에서 내뱉은 말)"

B. 타이태닉호와 텔레파시 현상 : 난파의 징후

mondeinconnu.com 사이트에 게재된 기사의 발췌.(작성자 미상)

1912년 4월 10일 : 절대불침(絕對不沈)의 명성을 자랑하던 호화 여객선 타이태닉호가 대서양을 넘어 미국을 향해 처녀항해를 떠났다. 그러나 4월 14일부터 15일 밤사이, 세기에 남을 대참사가 일어나고 만다. 《타이태닉호의 기이한 이야기》의 저자 베르트랑 메외는 세간에 큰 충격을 안긴 이 사고를 둘러싼 초심리학 현상에 관심을 기울였다. 메외는 책을 통해 다음과 같이 쓰고 있다. '타이태닉호의 비극

적 결말은 영국을 포함한 유럽 곳곳과 미국에서 수십 명에 달하는 사람의 꿈과 갑작스러운 불안감, 각성 상태 중의 환각 등 온갖 종류의 무의식이 모인 가운데, 예언적 체험을 통해서 예지되었던 것으로 보인다.' 본지에서는 독자들을 위해 사실상 대중에게 알려진 적이 없는 이러한 증언을 종합해서 정리해 보고자 한다.

타이태닉호를 둘러싼 기이한 소문은 건조 공사 착수 시점부터 떠돌기 시작했다. 1909년 3월 31일, 건조 작업에 착수하면서 선박은 '390904'라는 일련번호를 받았다. 그런데 설계자 중 한 명이 일련번호를 거울에 비추면 'No Pope(교황이 없다는 뜻)'으로 읽힌다는 사실을 발견했다. 그러자 일부 작업자가 즉시 작업을 그만두는 사건이 벌어졌다. 이러한 일련번호를 받은 선박은 결코 신의 가호를 받지 못한다라는 생각에 사로잡힌 것이었다. 또 다른 작업자들은 건조 중인 선박에 'No God, no Pope(신도 없고, 교황도 없다는 뜻)'이라고 쓴 플래카드를 내걸기까지 했다. 실제로 타이태닉호에서 목숨을 잃은 소년이 당시 부모님께 쓴 편지에는 '배 여기저기에 신성모독적인 말이 적힌 것을 보니 아무래도 이 배는 미국에 도착하지 못할 것 같아요.'라고 적혀 있었다. 배를 둘러싼 소문은 작업자들 사이에서 날이 갈수록 무성해졌다. 결국 타이태닉호는 저주받은 배가 될 것이라는……. 타이태닉호가 첫 출항을 하기 3년 전, 점쟁이를 찾아갔다가 실제로 사고가 난 시점 즈음에 난파를 당할 위험이 있다는 얘기를 들은 사람도 몇몇 있었다고 하니 놀랍지 않은가! 게다가 첫 출항 몇 달 내지 몇 주 사이에 불길한 징후가 곳곳에서 속속 나타났다. 그래서 거대 여객선에 승선해 호화 여행을 떠나려 했던 계획을 포기하고 예매한 표를 취소하는 승객이 속출했다.

A-1. 난파의 징후

이제 앞서 나왔던 문단을 객관적인 관점에서 다시 한 번 살펴보자. 초심리학적 수단을 이용하면 이 분야에 초짜라고 해도 관계의 불길한 운명을 금방 알아챌 수 있다.

의미 있는 단어는 볼드체 및 기울임체로 표시했다.

장소 : ***칸영화제.***

날짜 : 2011년 5월 18일 밤 10시 30분부터 다음 날 새벽 4시 30분 사이.

상황 : ***〈멜랑콜리아〉*** 파티, 칸 해변.

배경음악 : 리오(Lio)의 ***〈외로운 연인들***(유일하게 흘러나온 음악)〉

불씨를 당긴 사건 : "날 좀 안아 주면 ***안 돼?***(MS가 새벽 3시 12분에 변질된 의식 상태에서 내뱉은 말)"

행복에 관해

대체로 행복은 예기치 못한 방식으로 불쑥 나타난다. 사랑에 빠진 사람은 과학적으로 설명되지 않는 여러 이유로 느닷없이 유쾌하고 감정적으로 행동한다. 단호하게 행동하고 주도적인 반면, 함께하는 일(육체적 결합)에 대해서는 긴장한 듯 차분하지 못하다. 결국 사랑에 빠진 사람은 황홀경과 무기력 사이 어디쯤에 놓인 위험한 도취 상태에서 헤어 나오질 못한다. 하지만 성찰하는 능력이 손상되더라도, 사랑에 빠진 사람에게는 여전히 날카로운 직감이라는 게 있다. 이 모든 것이 지속되지 않을 것이라거나, 심지어 이 모든 것이 애초에 벌어지지도 않은 일일 수도 있다는 직감 말이다. 사랑에 빠진 사람은 절망적인 상실감에 마음의 상처를 입고, 행복에 관한 물질적 증거를 모으기 시작한다. 하지만 울창한 숲에서 식물을 수집해 책갈피에 꽂아 놓으면 이파리는 금세 시들어 버리기 마련이다.

흔히 '식물표본 전략'이라 부르는 이러한 보존 전략은 상당히 유치한 특징이 있다. 솔직히 수첩 사이에 끼워 놓은 밤나무 이파리가 힘이 쇠해 죽음의 향을 내뿜는 것보다 더 슬픈 일이 어디 있겠는가.

A. 칸

문자메시지를 그대로 옮겨 놓음.

2011년 5월 20일 오후 6시 26분, XX가 MS에게 보냄.

좋은 시간 보내고 있어? 〈드라이브〉 상영하는 곳에 갔지?

2011년 5월 20일 오후 6시 28분, MS가 XX에게 보냄.

드라이버로 나온 남자, 엄청 섹시해.

2011년 5월 20일 오후 6시 28분, XX가 MS에게 보냄.

좀 없어 보이던데, 그나저나 스쿠터 타고 같이 한 바퀴 돌자고 얘기하려던 참이었어. 시간 돼?

2011년 5월 20일 오후 6시 29분, MS가 XX에게 보냄.

응!

2011년 5월 23일 오후 1시 42분, MS가 XX에게 보냄.

무례하게 굴어서 미안해. 나도 모르게 충동적으로 그랬어.

2011년 5월 23일 오후 1시 42분, MS가 XX에게 보냄.

괜히 바닷바람에 취해서.

2011년 5월 23일 오후 2시 23분, MS가 XX에게 보냄.

화났어?(네 눈빛이 무서웠어.)

2011년 5월 23일 오후 2시 58분, XX가 MS에게 보냄.

아니.

누벨바그 파티 출입증.

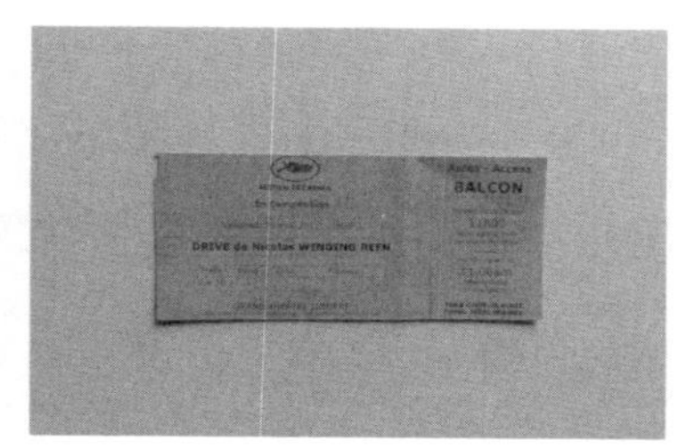

니콜라스 윈딩 레픈 감독작,
〈드라이브〉 상영 티켓,
뤼미에르 극장 발코니석.

XX가 찍은 MS의 사진,
'르 나이트' 클럽에서.

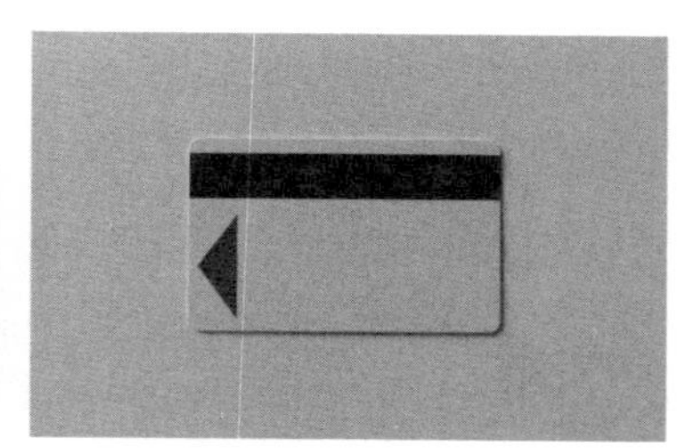

마그네틱 카드 형태의 호텔 키.

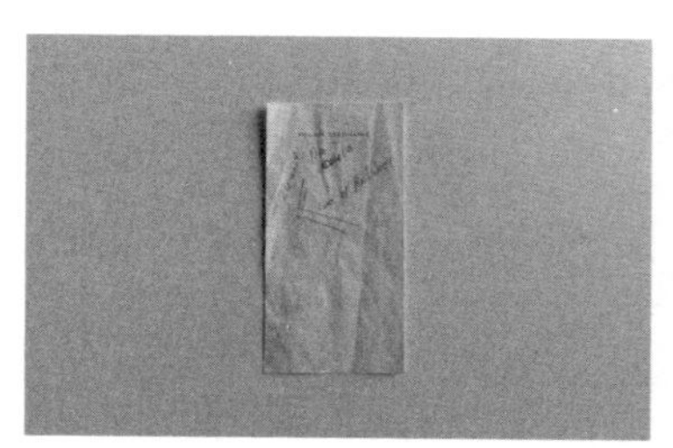

MS가 8월 24일에 칸의 거리에 있는
'다 로라' 레스토랑에 찾아가려고
종이에 끼적거린 지도.

보디로션 샘플, 팔레 스테파니 호텔.

B. 포르투[6]

2011년 7월 20일 오후, XX가 축구 연습을 하다가 발목 부상을 입고 말았다. 자연스레 주말에 MS와 함께 포르투로 가기로 했던 일정은 취소되었다. 대신 XX는 파리 18구에 위치한 있는 아파트에서 온통 포르투갈 관련 행사로만 채운 파리 · 포르투 축제를 기획했다.

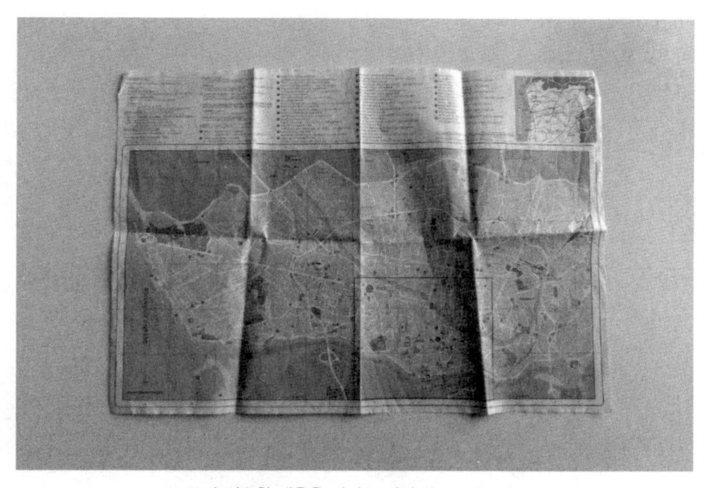

MS가 필요한 내용을 미리 표시해 둔 포르투 지도.

6) 포르투갈 북부 포르투주의 주도.

DVD 〈나의 어린 시절 포르투〉,
마놀 드 올리베이라 감독.

DVD 〈신의 결혼식〉,
후안 세자르 몬테이로 감독.

DVD 〈유령〉,
후안 페드로 로드리게스 감독.

안토니오 로보 안투네스,
《함께 잠자기》, 푸앵 쇠이유 출판사.

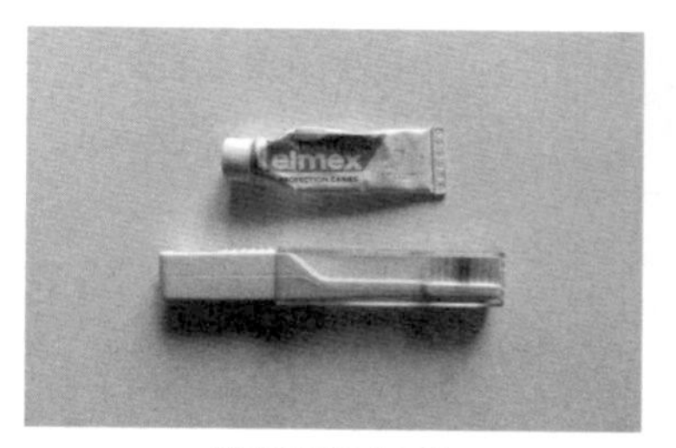

여행용 칫솔과 치약.

라그리마 포트와인 병.

C. 런던

뭔가 빠진 건 없나?
없음!

더럽힌다.
(제발)

브라이언 이노와 페터 슈미트가 만든
'우회 전략' 게임 카드(딜레마 순간에 유용한 전략이 담긴 100장짜리 카드 세트)에서 뽑은 카드.
2011년 7월 12일 XX가 MS에게 선물한 카드.

일기

2011년 3월 30일

오늘 저녁, 우리는 17구에 있는 아주 작은 일식집에서 저녁을 먹었다. 식당 주인이 조용하게 우리 테이블 쪽으로 다가왔다. 바이크를 즐기는 교토 출신의 50대 부부가 운영하는 식당이었다. 그는 거의 입을 열지 않았다.

“침묵이 흐르면 불편하지 않아?” 내가 물었다.

“난 수다 떠는 게 싫어.”

내가 미소를 지었다. 그도 미소를 지어 보였다. 그러고는 우리 둘은 그의 집으로 가 〈프릭스 앤드 긱스〉의 처음 세 편을 시청했다. 그가 내 어깨 위로 팔을 두르고 티셔츠를 걸친 채 앉아 있으니 꼭 드라마에 나오는 10대 같았다.

2011년 4월 6일

오늘 저녁, 우리는 그 작은 일식집에 다시 들렀다. 가죽 재킷을 걸친 여주인이 검정색과 빨간색이 어우러진 혼다500 옆에 서 있는 사진이 벽에 걸려 있었다. 여주인이 내 앞에 아사히 맥주 한 잔을 내려놓는데, 그녀의 손을 덥석 잡고 싶은 생각이 들었다.

그는 쉬지 않고 수다를 떨었다. 그가 뱀장어 요리를 주문하는 걸 보고, 나는 "좋아, 나도."라고 말했다.

그러고는 우리 둘은 그의 집으로 가서, 〈프릭스 앤드 긱스〉를 4편부터 6편까지 시청했다. '밴드 해(6편)'를 보는데 불안 발작이 왔다(그는 흰색 테니스 양말을 신은 채 잠들었다).

2011년 4월 11일

오늘 저녁, 여주인은 컨버스를 신고 있었다. 여주인이 나를 동정의 눈길로 바라보았다. 그가 사케를 주문했고, 나는 웃으며 한 잔을 쭉 들이키고는 한 잔 더 따라 마셨다. 내가 말했다.

– 난 침묵을 즐기기 시작한 것 같아.

– 정말로?(빈정거리는 말투로)

나는 까만 작은 눈에 작은 다리들을 오그린 모습으로 접시에 놓인 칵테일 새우를 보았다.

그러고는 우리 둘은 그의 집으로 가서, 〈프릭스 앤드 긱스〉를 7편부터 9편까지 시청했다. '여자 친구들과 남자 친구들(8편)'을 보는데 불안 발작이 왔다. 그가 하이네켄 맥주병을 따더니 여유를 부리며 창문을 열었다. 순간 휴가지 별장에 가면 전망이 별로라도 굳이 블라인드를 걷는 사람의 모습이 떠올랐다.

2011년 4월 20일

오늘 저녁, 나는 새우 대가리를 먹었다. '다이어리(10편)'를 보는데 불안 발작이 왔다. 18편을 볼 때 즈음이면 우리 사이에 무슨 일이 일어나려나?

DVD 〈프릭스 앤드 긱스〉, 폴 페이그 감독.

강경증

강경증 : 자발적인 의지를 잃고 일정한 자세로 머물러 있는 긴장병 증상. 동상이나 팬터마임 연기자*처럼 한 자세를 오랫동안 유지하는 상태. 강경증 환자는 한 자세로 몇 시간을 있기도 해서(정상적인 사람이 이렇게 오랜 시간 몸을 움직이지 않는 상태로 있는 것은 불가능하다) 환자를 죽은 사람으로 오해할 수도 있다. (출처: 위키피디아)

* '팬터마임'이라는 단어가 주는 가슴 아픈 이미지에 대해 잠시 생각해 보자. 사랑에 빠진 사람이 사랑하는 사람을 사로잡았다는 생각에 정신을 놓았다가, 결국 그 상황에 갇혀 꼼짝 못하게 된다. 작은 몸짓 하나에 행여나 애정의 대상이 달아날까 두려워 그저 조용히 숨만 쉴 뿐, 어떤 미동도 하지 않는다. 그러다 보니 결국 불안정한 행동 양상을 보이고 만다. 속으로는 중립적이고 진득한 태도를 보이고 싶어 하지만 실상 겉으로는 이성을 잃고 미혹한 모습을 드러낸다. 이 얼마나 슬프도록 모순적인 상황인가. 사실 사랑에 빠진 사람은 무슨 수를 써서라도 자신의 모습을 들키지 않으려 한다. 심지어 다른 사람의 탈을 쓰고서라도 자신의 모습을 감추고 싶다는 생각까지 하게 된다. 결국 사랑에 빠진 사람은 자신의 진정한 모습을 잃어 가며, 사랑하는

사람이 신중하게 관계에서 빠져나오려고 궤도를 돌리는 모습을 속수무책으로 바라보기만 한다.

XX의 컴퓨터 키보드 위에 놓인, 아직 뜯지 않은 봉투에 적힌 메모를 그대로 옮겨 놓음.

지난 저녁부터 밤까지 고마웠어. 어제는 어떻게 된 일인지 잘 모르겠어. 내가 늘 그런 식은 아니거든. 뭐 대체로 내가 좀 대담하고 자유로운 영혼이기는 하지만……. 솔직히 내가 섹스는 좀 서툴러.

P.S. 커피를 한 잔 타려했지만, 아무리 찾아도 설탕이 보이질 않던데…….

텔레파시

XX, 넌 전혀 눈치채지 못하는 것 같은데, 나 요즘 마음이 언짢아. 넌 나랑 마주보는 자리에 있으면서도 어째서 맨날 그 잘난 헤드폰을 머리에 쓰고서는 글 쓰고, 자판만 죽어라 두드리고 있는 거야? 매일 글 쓰고, 자판 두드리는 건 나도 마찬가지 아니냐고 넌 얘기하겠지. 하지만 솔직히 난 요즘 일하는 시늉만 하고 있다고.

그나저나 근사한 넥타이를 매고 있긴 한데, 피곤해 보이네. 기침까지 하고(네 기침 소리 때문에 다른 직원들이 일에 집중을 못하고 있다는 걸 알는지 모르겠네). 어제 저녁에도 어디 놀러 나갔나 봐? 뭐 당연히 나갔겠지, 나가서 여느 때와 똑같이 나는 전혀 알지 못하는 생활을 즐겼겠지(헤로인에 취한 예쁜이들한테 둘러싸여서 말이야).

난 뭐했냐고? 하긴 뭘 해, 그냥 잤지. 난 9시에 잠자리에 들었어, 우습지. 그런데 정말이지 이런 이야기도 이제 지긋지긋해(남자는 수상한 곳에서 다른 여자들과 은밀한 밤을 보내고, 여자는 집에서 잠옷을 걸치고 어슬렁거리다가 '제발 이제 작작 좀 해!'라고 중얼거리며 욕실 선반을 주먹으로 내리친 이야기를 어떻게 이성적으로 할 수 있겠어! 우리를 보고 러브 스토리를 떠올리는 사람이 있을까? 아! 코를 푸시네. '있다.'는 대답으로 알아들으면 되는 건가?).

자, 지금부터 내가 너한테 텔레파시를 보낼 테니 잘 들어. XX, 우리 사이엔 과거도 없고 미래도 보이질 않아. 오늘 저녁에 술 한잔 같이 하자고 얘기해 줄래? 알아들었으면 넥타이를 살짝 건드려 봐.

MS의 한 달 생활

근무 시간 : 150시간.

(근무 시간을 제외하고) XX와 함께 보낸 시간 : 35시간.

XX와 함께 행복하게 보낸 시간 : 2시간.

양치질한 시간 : 2시간 반.

슬픔에 빠진 시간 : 4시간.

섹스를 한 시간 : 1시간 반.

계략

"앞서 했던 전화 이야기를 계속 하자면, 다임러는 단판 승부에 모든 것을 걸기로 결심하는 순간, 마음부터 가다듬은 뒤에 검정 가죽 장갑을 끼고 다이얼을 누른다."

프레데리크 베르테의 《다임러는 떠나고》 중 발췌.

MS가 XX의 자동 응답기에 남긴 메시지,

2011년 7월 30일 밤 12시 12분.

"여보세요? 나야……. 자동 응답기로 바로 넘어가서 다행이야……. 그냥 이 말 하려고……. 난 우리가 지금 어떤 상황인지 모르겠어. 그러니까 우리가 함께 보내는 시간이 썩 재밌지 않은 것 같아. 내 말이 무슨 뜻인지 알겠어? 막 재밌진 않잖아? ……. 네 맘을 아프게 하고 싶진 않은데, 솔직히 이런 식으로 계속 갈 거면 차라리 여기서 그만두는 게 낫겠다는 생각이 들어, 그렇지 않니?(어조를 높이며 유쾌한 목소리로) 그냥 친구로 지내야 할까 봐. 그럼 안녕(명랑한 어조로)."

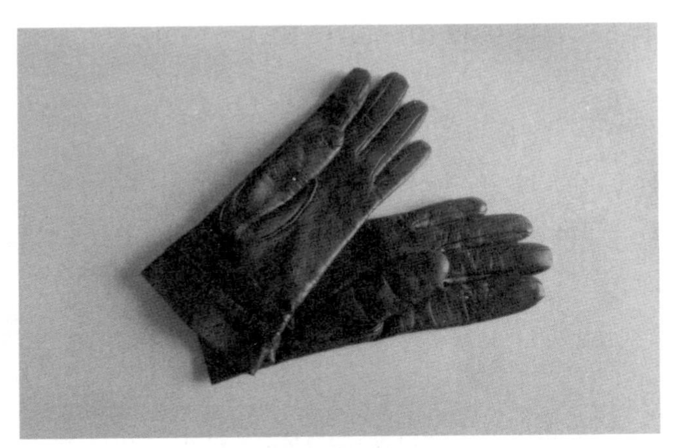

검은 가죽 장갑.

점성

2011년 6월 19일 파리 10구 파라디 거리에서 모리스가 MS의 손을 돋보기로 자세히 들여다본 뒤에 나눈 대화를 그대로 옮겨 놓음.

– 음……. 여행을 자주 다녀요?

– 아뇨, 자주 다니는 편은 아니에요.

– 산이 많이 보이는데……. 아무래도 오스트리아 같아. 그리고 스페인도.

– 전 스페인은 그다지 안 좋아하는데요. 포르투갈이면 또 모를까…….

– 아니, 산이 많이 보이는데……. 오스트리아일 거야. 눈도 쌓여 있고. 스키 타러 자주 가요?

– 한 10년 전부터는 잘 안 가요.

– 그렇지, 이제 확실하네. 당신 어렸을 적 모습들이군(모리스가 집중하고 침묵이 흐른다). 조만간 컴퓨터 기기를 바꾸게 될 거예요.

– 아.

– 이것 관련해서 무슨 교육까지 받게 된다는데, 뭐 떠오르는 게 있어요?

– 음……. 아뇨……. 솔직히 이 분야는 제 고민거리가 아니라서.

– 알아요, 하지만 어쨌든 (MS 얼굴 앞에서 손으로 원을 그리며) 곧 일어날 일이에요.

– 아, 그렇군요. 잘 알겠어요, 고마워요.

– 남자도 하나 보이는데…….

– 아, 그래요?

– (신중하게 고개를 끄덕이며) 사랑에 빠졌군요.

– (수줍게 고개를 끄덕이며) 네.

– (걱정스레 고개를 절레절레하며) 끝이 좋지 않네요.

– 무슨 말인지?

– 유부남인가요?

– 아뇨, 젊은 남자에요.

– (신중하게 고개를 절레절레하며) 아무래도 끝이 좋지 않아.

일반 돋보기, 검정 손잡이.

신경안정제

2011년 7월 20일 파리 6구 푸르 거리에 위치한 약국 '시티 파르마'에서 약사 소피와 나눈 대화를 그대로 옮겨 놓음.

— 컨디션이 영 좋지 않아요. 너무 우울하고, 많이 울기도 하고요…….

— 불안증이 있으세요?

— 그렇진 않아요. 그냥 우울한 생각이 많이 들어요.

— 잠은 잘 주무세요?

— 네, 잠은 뭐……. 근데 온종일 눈물이 멈추질 않아요.

— 여기요, 이 약을 복용해 보세요. 아침저녁으로 두 알씩 복용하시면 점차 증상이 완화될 거예요.

신경안정제 '외피토즈' 상자.
경미한 불안 장애 및 수면 장애에 처방.

거부

"다임러가 내세우는 그럴듯한 이론에 따르면, 오늘날 로맨티스트들은 냉소주의자라는 꼬리표를 피해 갈 수 없다. 하지만 사람들이 어째서 그런 거냐고 물으면, 다임러는 상세히 설명하려고 하지 않는다."

프레데리크 베르테의 《다임러는 떠나고》 중 발췌.

2011년 6월 12일 파리 2구 생탄느 거리에 위치한 식당 '오가쥐'에서

MS와 XX가 나눈 대화 내용 발췌.

– 그러니까 우리 사이의 다음 단계가 권태라고 얘기하는 거야?

– 응, 분명히.

– 정말 맥 빠지는 소리네.

– 아니지, 잘 생각해 봐. 우리가 지금 당장은 밀고 당기는 단계에 있으니 꽤 유쾌하지. 하지만 이건 투르 드 프랑스[7] 같은 거야. 그 단계가 2킬로미터일 수도 있고 150킬로미터일 수도 있다고.

7) 매년 7월, 프랑스에서 열리는 세계 최고의 사이클 대회.

마른 생선.

냉소주의 : 싸움에 대한 환상

사랑하는 대상에게서 보이는 소위 '시니컬한 태도'라는 특징적인 면모에 대해 잠시 짚고 넘어가 보자.

자칭 감상이나 가식에 반하는 반항 정신을 나타내는 이러한 수사 기법이 사랑에 빠진 사람의 영혼을 얼마나 흔들어 놓을지는 쉽게 짐작할 수 있다. 무관심과 차가운 유머, 특유의 까칠함은 상대를 매료시키고 이성을 잃게 만드는 속성이기도 하다. 실제로 우리가 로맨티스트라 부르는 사랑에 빠진 사람은 사랑의 대상이 의도한 무관심 속에서 절망과 마주한다. 몇 차례 절망을 맛본 로맨티스트는 바보 같은 생각에 사로잡힌다. 상대방에게 냉정과 냉담, 무시와 같은 예민한* 사람들의 특징적인 면모를 드러내려고 마음먹는 것이다.

로맨티스트는 감성이 세상을 이기는 모습을 보고자 한다. 결국 맹목적인 의지에 젖은 로맨티스트는 (며칠 동안 밤이 새도록 기도문을 쓰느라 힘이 쭉 빠진 상태에서) 자신이 가진 힘을 있는 대로 모아 벌어지지도 않을 싸움을 준비한다. 사실 냉소주의자는 상대 공격을 살짝 피하는 수법을 쓰며 충돌을 꺼린다. 그런데도 결국 잔인한 살육이 벌어지고 만다(로맨티스트는 곰 굴에 던져진 고깃덩어리처럼 마음이 제대로 찢어지는 고통을 경험하게 된다).

* 누군가가 사랑하는 사람을 얘기하면서 '민감한'이라든지 '극도로 예민한'이라는 표현을 쓰기 시작하면, 그 사람은 인간 사회와의 행복을 두고 한 거래에서 패배한 자로 간주해야 한다.

미스터리에 관해

사랑에 빠진 사람이 사랑하는 사람에게 고집스러운 애착을 가지는 (실존적) 이유에 대해 심층적으로 따져 보자. 앞서 살펴보았듯이, 감성이 이성을 이기는 모습을 보려는 낭만적인 싸움이 결정적 동인이다. 하지만 실제로는 여러 요인이 결합되어 '낭만'과는 거리가 먼 결과를 가져온다. 사랑에 빠진 사람은 철저히 자신의 삶을 포기하고, 병원 복도에서 추리닝 차림으로 허공에 대고 설교를 늘어놓으며 생애를 마칠 가능성이 높다.

사랑에 빠진 사람은 감정적 히스테리나 무력감, 무분별 이외에도 '외국어'에 대한 취향 때문에 괴로울 때가 있다. 오해를 막기 위해 짚고 넘어가자면, 여기서는 브라질 사람이나 영국 사람(특히 맨체스터 출신)에 대한 성향을 말하려는 것이 아니다(물론 그런 성향도 부인할 수는 없지만 상당히 피상적인 문제이다). '다른 곳'을 향한 애착에 대해 말하려는 것이다. '다른 곳'이란 추상적인 개념(절대, 시, 도취, 자유)을 복합적으로 내포하고 있는 모호한 관념을 말한다. 결국 이 세상에서 이러한 관념의 전형은 사랑하는 사람이 아닐까. 실제로 사랑하는 사람은 수수께끼를 품고 있는 것처럼 보인다. 사랑하는 사람이 하는 말 한마디와 행동 하나, 심지어 그저 그가 존재한다는 사실 그 자체가 미스터리한 비밀과도 같다. 사랑에 빠진 사람은 이 모든 것을 은총의 그림자를 감지하듯 예감하고, 결코 풀리지 않을 비밀을 어떻게든 풀어 보려고 안달하며 고통스러운 나날을 보낸다. 결국 다른 세계로 통하는 문이 열리지 않는다 해도, 그렇게 하다 보면 사랑에 빠진 사람이 적어도 정신을 딴 데 팔고 심각한 문제에서는 벗어나도록 해 준다.

MS는 XX가 전화로 얘기하는 것을 싫어할 뿐만 아니라 '프란츠 카프카식' 편지도 꺼리는 걸 알았기 때문에, 모로코의 탕헤르로 일주일간의 휴가를 떠나기 전, 그곳에서 어떻게 XX와 편지를 주고받을지 고민했다.

XX는 이렇게 얘기했었다. "무슨 수가 있겠지."

2011년 7월 15일부터 23일 사이에 XX와 MS가 주고받은 문자메시지에서 선별한 사진.

2011년 7월 15일 오후 2시 15분, XX가 MS에게.

2011년 7월 15일 오후 3시 2분, MS가 XX에게.

2011년 7월 18일 밤 10시 38분, XX가 MS에게.

2011년 7월 19일 오후 2시 38분, MS가 XX에게.

2011년 7월 20일 오후 3시 50분, XX가 MS에게.

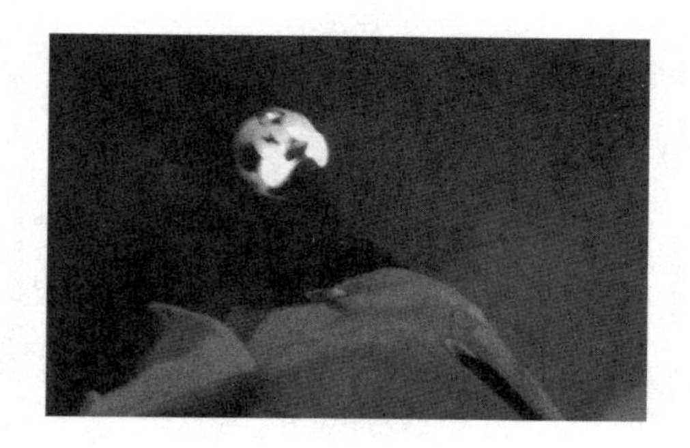

2011년 7월 20일 오후 4시 3분, MS가 XX에게.

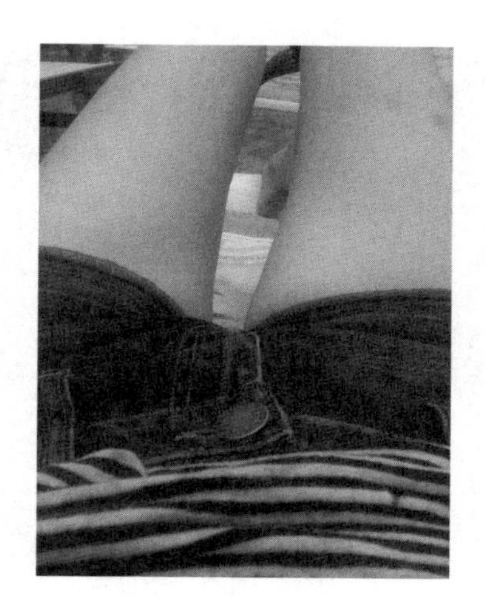

2011년 7월 20일 저녁 7시 52분, MS가 XX에게.

2011년 7월 22일, 오후 3시 3분, XX가 MS에게.

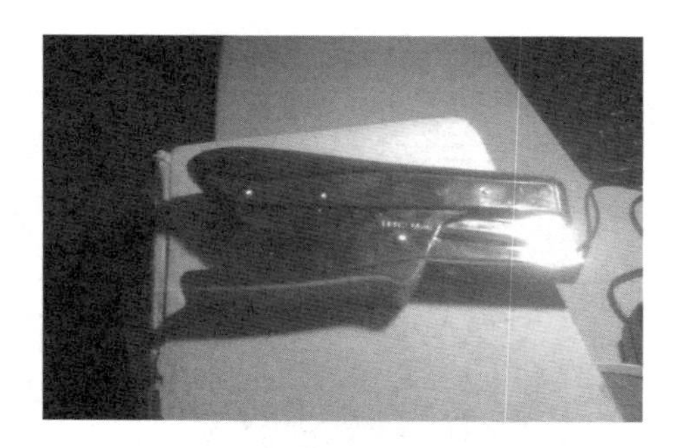

수사에 관해

"확실히 수도 없이 많은 남녀가, 아무리 떠들어 봐야 제대로 들어 주지도 않을 사람들, 심지어 사물을 붙잡고 하소연을 해댄다. 그렇게 함으로써 비참한 사람과 용기 있는 사람 사이에 머무르려는 것이다. 하지만 이는 마치 떠나가는 이를 붙잡으려 자동차 문에 필사적으로 매달리는데도 결국 그 차가 출발해 버리는 상황과도 같다. 당신은 그 옆을 나란히 달려 보지만 기껏해야 200미터라도 갈 수 있을는지……. 결과는 자동차의 가속 성능에 달려 있다. 어떤 자동차들은 스타트가 굉장히 빠르니까."

프레데리크 베르테의 《'휴전' 일지》 중 발췌.

MS가 2011년 7월부터 9월 사이에 작성한 메모 중 발췌.

"가볍게라도 내가 너를 흔들어 놓을 수 있다고 느꼈더라면, 내 마음이 조금은 덜 아팠을 텐데. 넌 너의 일관적 태도 덕분에 마음이 편하겠지만, 나에겐 그 일관성이 세상 그 무엇보다도 공허하고 절망적인 것으로 다가왔어."

"모든 게 날 불쾌하게 만들어. 또 냉담한 마음으로 가득 차게 만들지. 네가 누구인지 도무지 알 수 없게 말이야. 아니, 너무 많이 알게 하는 건가……. 난 네가 어떤 인생을 살고 싶어 하는지 모르겠어. 이런 내 모습이 네 마음을 아프게 한다면 미안해. 하지만 나도 더는 참을 수가 없어. 적어도 내가 간절히 바라면, 어쩌면 이렇게 해서 나의 집착을 끊어 버릴 수 있지 않을까."

"불가사의하면서도 친밀한 상냥함이 그저 숨 쉬듯 예사로이 나온 것이었다니……. 착각에 빠졌던 내가 원망스럽다."

"우리는 서로 알 수도 없고 어찌할 수도 없는 사이. 애초에 모든 것이 가능한 여지도 없었기에."

"난 네가 나한테 왜 그러는지 모르겠어. 그렇게 당혹스러워하고 심지어 지친 기색을 보이면 내가 상처 받을 수도 있다고."

"우리의 삶은 우습고, 자유분방하고, 낭만적이고, 위험하고, 불확실하고, 감동적이고, 섹시하다. (마지막 단어 위에는 가로줄을 그어 놓음)"

"인생이 개똥 같다."

"사용법 : 나에게 욕은 우울함의 고백이고, 조금이라도 평온함을 맛볼 수 있게 해 달라는 호소이다."

"모르는 소리 마……. 내 눈엔 그게 제일 빛나는 행동이었어. 코스 이탈 말이야. 용기를 내. 용기를 내."

"내 마음을 돌려놓고 싶을 때 유용한 제안 리스트 중 일부 : 나에게 점심 식사를 같이 먹자고 하기(내가 거절함). 한 번 더 초대하기(내가 거절함). 내가 결국 못 이기는 척 수락할 때까지 매일같이 초대하기. 주말에 포르투에 데려가기. 사무실에서 인사할 때 나를 꼭 안아 주기, 데카트론 가방을 매고 스쿠터를 타고 퐁텐블로에 데려가서 가벼운 산책하기(업무 시간 동안)."

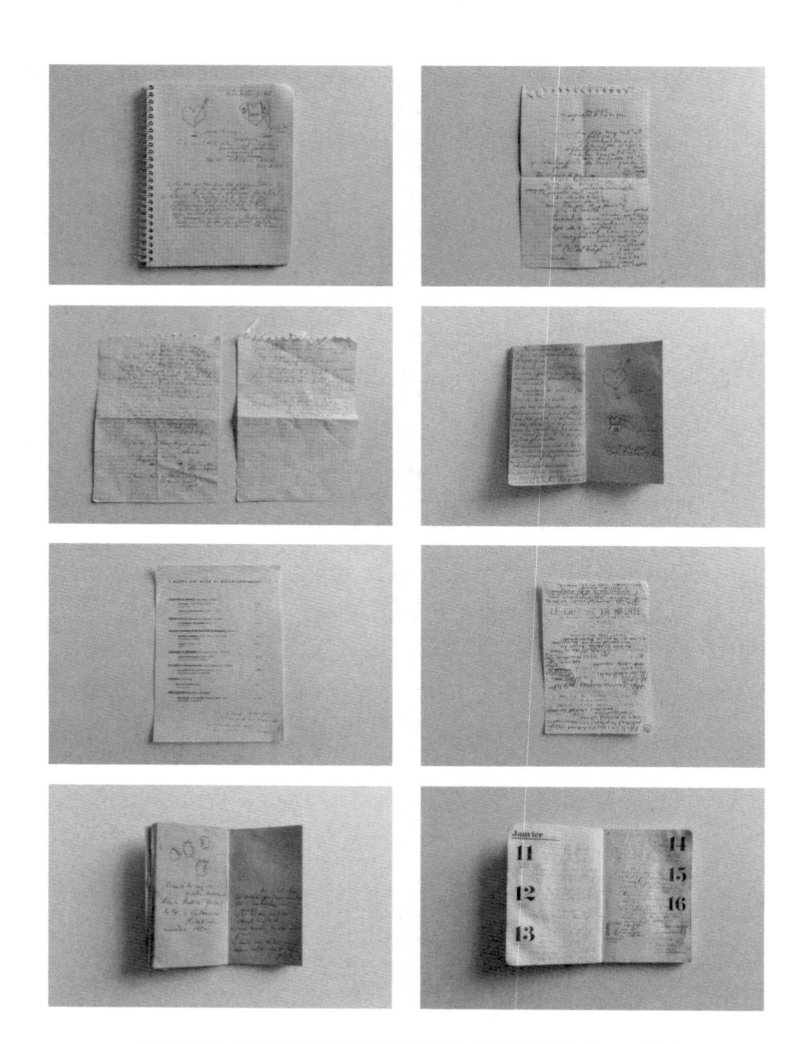

MS가 2011년 7월부터 9월 사이에 작성한 메모. 1950년대, 알랭 로브그리예가 카트린 로브그리예에게 보낸 편지에 그린 깨진 하트 이미지를 그대로 옮겨 놓음.

SNS에 관해

페이스북 프랑스
사용자관리팀
라미랄아믈랭 거리 28번지
파리 16구

등기 우편.

목적 : 페이스북 프로필 조회 관련 정보 요청.

안녕하세요.

얼마 전부터 페이스북을 사용하다가 몇 가지 궁금한 사항이 생겼는데, 사이트에 게재된 사용 약관을 살펴봐도 답을 찾지 못해서 이렇게 편지를 보냅니다. 다음의 세 가지 질문과 관련해 도움이 될 만한 정보를 편하신 방법으로 알려 주시면 정말 감사하겠습니다.

첫째, 사용자끼리 친구 맺기 상태가 아닌데도, 다른 사용자가 자신의 프로필을 조회한 사실을 알 수 있나요?

둘째, 동일한 사람이 프로필을 조회하는 빈도가 이례적으로 높을 경우, 해당 조회 수를 사용자에게 알려 주는 기능이 있나요?

셋째, 임시로라도 자신과 친구를 맺지 않은 사용자의 프로필 정보 전체를 볼 수 있나요?

질문에 대한 답변을 신속하게 처리해 주시면 진심으로 감사하겠습니다.

그럼 안녕히 계세요.

MS.

동물점을 보다

2011년 9월 3일,

MS가 닭의 간을 관찰하고 해부함.

점괘가 모호하다.

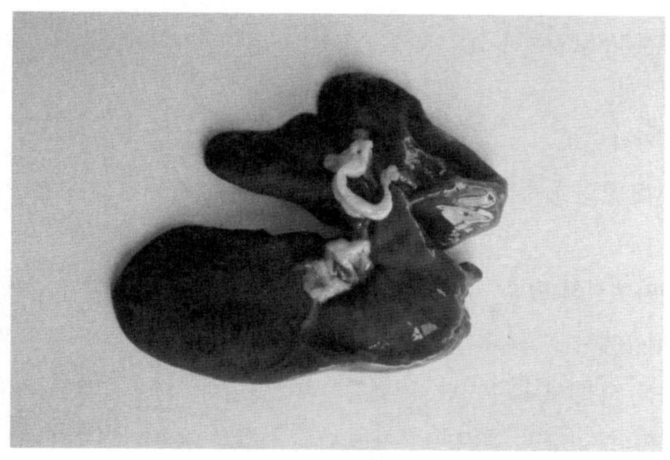

닭의 간.
원산지 : 파리 6구, 렌느 거리에 위치한 모노프리.

휴대전화 오류

부이그 텔레콤
세콰나 타워
앙리파르망 거리 82번지
이시레물리노 92447

등기 우편.
목적 : SMS 관련 정보 요청.

안녕하세요.
SMS 관련해서 몇 가지 정보를 요청하고자 편지를 보냅니다.

문자메시지 발송 서비스에 분명히 오류가 있어 보입니다. 개인적인 이유에서 꼭 필요해서 그러하오니, 오류 사항을 보여 주는 통계 자료를 제게 보내 주시면 정말 감사하겠습니다. 해당 자료를 외부로 유출할 수 없다면, 혹시 오류가 있다는 사실을 단순히 입증하는 문서라도 보내 주실 수 있으신가요?

그리고 전화번호를 알고 있는 사람의 휴대전화에 저장된 문자메시지를 원격으로 폐기 처리할 수 있는지가 궁금합니다. 만약 가능하다면, 처리 절차를 알려 주시면 고맙겠네요.

질문에 대한 답변을 신속하게 처리해 주시면 진심으로 감사하겠습니다.

그럼 안녕히 계세요.

MS.

부두교

디아키테 귀하

알베르 거리 24번지

파리 13구

디아키테 선생님,

포르트 도를레앙 역에서 선생님 이름이 적힌 전단지를 받아들고 '어떤 문제든 해결 가능'이라는 문구에 귀가 솔깃해 이렇게 편지를 보냅니다. 솔직히 말씀드리자면, 저는 무신론자인데다가 부두교에 대해 무시무시한 말을 들은 적도 있습니다. 그런데도 이상하게 마음이 끌렸어요. 간단명료한 설명에 마케팅 전략의 힘까지 더해진 충격 요법에 걸려든 것일까요? 선생님, 제가 사랑하는 사람은 '개가 주인 뒤를 졸졸 따르듯 제 뒤를 따르지 않습니다.' 오히려 너무나 자유분방하게 이리저리 뛰어다니지요. 이런 표현을 한 번도 떠올린 적이 없던 제게, 갑자기 이 관점이 확 와 닿더라고요. 그래서 전단지에 적힌 대로 우표 붙인 봉투와 제 사진, 생년월일과 출생지, 그리고 제가 사랑하는 사람이 피웠던 담배꽁초까지 동봉해서 편지를 보냅니다.

제 문제를 신경 써서 봐 주시면 정말 감사하겠습니다.

안녕히 계세요.

MS.

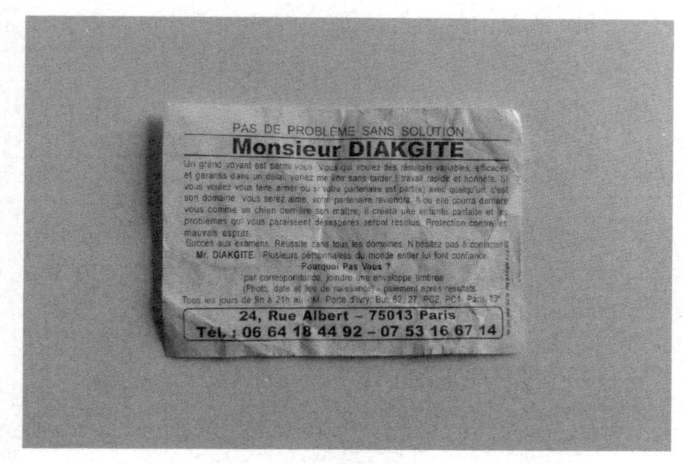

전단지.
'어떤 문제든 해결 가능.'

2장

과거

앙브라

1970년 6월, 그녀가 그를 처음 만났을 때, 그녀는 열아홉 살이었고, 킬트 치마[1]를 입고 무릎까지 오는 흰색 긴 양말을 신고 있었다. 그녀는 스위스 여자 기숙학교를 갓 졸업한 상태였다. 국제 기숙학교인 애글롱 컬리지는 베어마흐트[2]식 규율과 유럽 황실 수업 관례를 따르는 곳이었다. 그녀의 부모님이 비싼 고양이처럼 윙윙거리는 마세라티를 끌고 데리러 왔을 때, 안도감과 공포감이 동시에 엄습했다. 오랜 시간 형벌을 받다가 마침내 석방된 느낌이 들었고, 그 뒤로는 시간이 쏜살같이 흘렀다.

알레산드로는 아시시의 성 프란체스코처럼 그녀 앞에 황금빛 후광을 두르고 나타났다. 그는 소파에 앉아 있었다. 무릎 위에 기타를 얹고, 해류에 흔들리는 해초처럼 기다란 머리카락을 휘날리는 젊은 여자들한테 둘러싸여서 말이다. 그녀는 그 무리 속에 친오빠 오귀스토가 있는 것을 보았지만 이내 오빠의 모습은 알레산드로의 눈부신 광

1) 격자무늬 천으로 만든 치마.
2) 독일 국방군.

채에 묻혔다. 마치 더는 이 세상에 절대적으로 확실한 것은 없는 것처럼, 제대로 오빠를 본 게 맞는지도 긴가민가했다.

두 달 뒤, 그녀는 새벽 3시에 엄마의 구찌 여행용 가방을 훔쳐 집을 나왔다. 알레산드로가 도메니치노 거리 모퉁이에서 피아트 토폴리노를 타고 그녀를 기다리고 있었다. 자동차 뒷좌석에는 기타와 바로크 시집 몇 권, 문학개론서가 놓여 있었다. 그는 스물한 살이었고, 어린 딸과 임신 3개월인 아내가 있는 남자였다. 하지만 그건 지난 세상의 일이었다. 두 사람은 이미 고속도로를 시속 90킬로미터로 달려 그들이 속한 세상을 떠날 준비를 마쳤다. 그런 두 사람에게 지난 일은 상관없었다.

둘은 밀라노 티치아노 거리의 작은 건물에서 함께 살았다. 각자가 예전에 살았던 곳에서 고작 몇 백 미터밖에 떨어지지 않은 거리였다(고속도로를 달리는 모험은 휘발유와 상상력이 부족했던 탓에 결국 짧게 끝나고 말았다). 그녀는 그곳에서 유별난 행복을 맛보았다. 배고픔과 빈대, 추문, 단조로운 생활, 늘 주변을 맴도는 머리카락이 촉촉이 젖은 여자들……. 떨어진 눈물이 말라 종이가 뒤틀린 엄마의 편지에도 아랑곳하지 않으면서 말이다.

12월, 그녀는 임신한 사실을 알았다. 그러자 그는 기타와 모스카

토 와인 한 병을 꺼내 들었다. 그녀는 수렁에 빠진 기분이 들었지만 임신으로 인한 호르몬 문제일 거라 생각했다.

3월 초, 알레산드로가 그도 모르는 사이 토마소라고 이름 지어진 아들이 태어날 때에 맞춰 원래의 가정으로 되돌아갔다.

한편, 그녀는 구찌 여행용 가방에 짐을 한가득 싣고, 집으로 다시 들어갔다. 그 뒤 몇 주 동안 그녀는 지나치게 공간을 차지하는 자신의 몸뚱이를 낯설어했다. 그녀는 멍한 눈빛에 창백한 안색을 하고 마치 공중에 떠 있는 것처럼 방과 부엌, 욕실을 배회했다. 긴 잠옷을 입고 떠다니는 모습이 꼭 덩치는 크지만 무게가 없는 귀신 같았다. 그녀의 아버지는 그녀와 그녀의 불룩한 배가 마치 없는 것처럼 행동했고, 그녀의 어머니는 그 꼴이 보기 싫어 집을 나와, 한때 새로운 삶을 꿈꿨던 마르델플라타의 수영복 가게에서 살았다.

1971년 7월 27일 오후 12시 45분, 그녀는 카라도소 거리 9번지에 있는 구빈원 그란데 오스페달레에서 아이를 낳았다. 그것도 기숙학교에서 지냈던 작은 방을 떠올리게 하는 방에서, 더욱이 혼자서 말이다. "개처럼 혼자였지." 그녀는 훗날 그때의 상황을 이렇게 묘사했다. 그녀의 친오빠 오귀스토가 그날 그녀를 보러 왔다. 그녀는 오빠의 셔츠에 코를 풀며, 침대 끝에 마치 수취인 불명의 소포처럼 놓인 모니카를 잔뜩 노려보았다.

8개월 뒤, 알레산드로가 양 갈래 머리의 소녀 모양 펜던트가 달린 금목걸이를 동봉해, 후회와 라틴어 경구들로 가득 찬 길고 긴 편지를 보내 왔다. 그녀는 편지를 불태우고, 펜던트를 필통에 집어넣고는 담배를 사러 나갔다.

1970년, 알레산드로가 찍은
앙브라의 사진.

양 갈래 머리의 소녀 모양 펜던트가 달린
앙브라의 금 목걸이

1971년 5월, 앙브라.

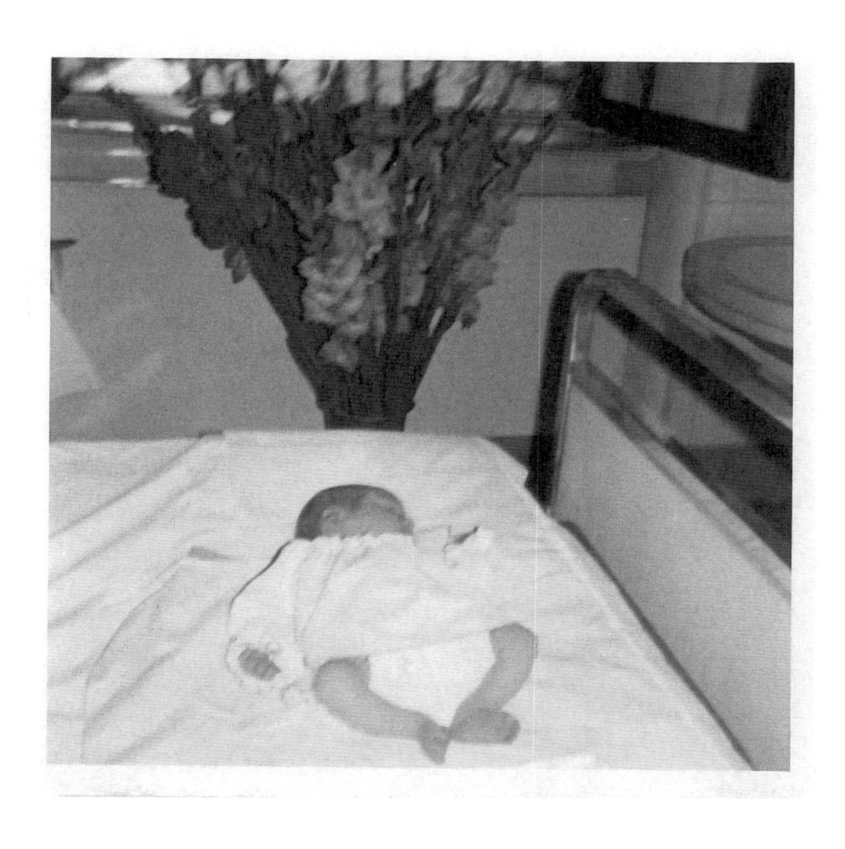

1971년 7월, 모니카.

1971년 9월, 앙브라와 모니카.

운명도 유전되는 것일까?

태아의 운명에 대해 잠시 짚고 넘어가 보자. 태아는 어느 사건에 연루된 증인처럼, 자신과 전혀 상관없지만 기억 세포들 속에 은밀히 심어진 여러 사건들을 겪게 된다. 태아는 쾌락에 도취된 상태에서 탄생한 뒤, 평온한 세상, 극락과 닮은 세상에서 여러 기관들을 만든다. 아무런 두려움 없이 잔잔한 물결을 따라 표류하던 태아는 어느 순간 정체모를 천재지변을 당하고 이윽고 죽음과 같은 정적 속으로 빠지고 만다. 사해와도 같은 그곳에서 태아는 최후의 생존자인 것처럼 보인다. 심장도 뛰고, 필요한 영양분도 보충되었는데, 탯줄로 연결된 무언가가 태아에게 위급 신호를 보내오는 것이다. 탯줄을 통해 몇 차례 충격을 길게 보내다가 서서히 짧게 보내고, 날카로운 신음 소리가 길게 들려오고, 구역질에 발작성 경련까지 일다가 음산한 한숨 소리에 이어 점점 호흡이 약해진다. 그러다가 결국 아무런 신호도 보내오지 않는다. 존재에 관해 의문을 가질 만하지 않은가. 삶이란 것이 마치 성대한 바자회가 열리듯 시작되었다가, 이내 아무런 설명도 없이 고요하게 죽어가는 무언가처럼 느껴졌을 테니 말이다.

이쯤에서 순전히 냉정하고 비판적인 시각에서 유전 문제를 제기해 보자. 우리는 자식에게 무엇을 물려주는가? 금발 머리와 파란 눈, 아주 작은 발? 이런 것뿐만 아니라 담배와 파네토네, 기타를 가진 남자들에 대한 애착까지도 물려주는 것은 아닐까? 태아는 한밤중에 짐을 싸서 떠났다가, 얼마 지나지 않아 필연처럼 원래 있던 자리로 되돌아오는 일이 허다한 삶을 살 것이라 짐작하지는 않을까? 바꾸어 말하면, 이 태아는 자신의 뇌 속 화석화된 부위의 감정들을 몇 번이고 다시 느끼며, 사랑과 종말, 희망과 벼락, 로맨틱 코미디와 좀비 영화를 동시에 겪을 운명을 타고나는 것일까?

한 세대에서 다음 세대로 유전 물질이 유전되는 것을 관찰함.

아버지에 관한 정보는 추론 및 역사적 고증을 거쳐 재구성하거나, 출처는 각기 다르지만 신빙성 있는 증언들에 기초해 작성했다.

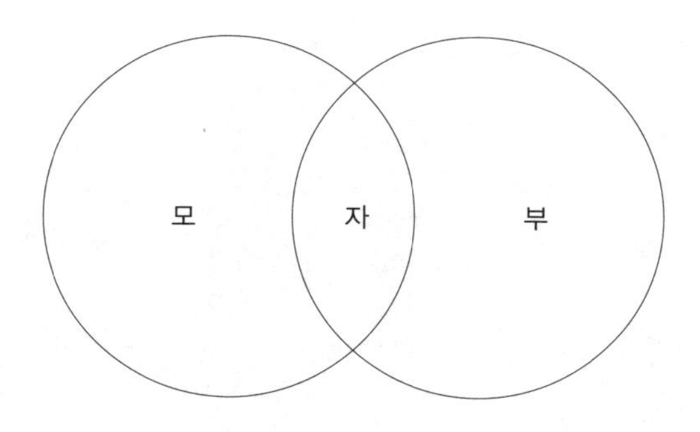

모	자	부
파란 눈	파란 눈	파란 눈
금발	금발	옅은 갈색
미술적 재능	–	음악적 재능
A형	A RH^{+}형	모름
폐가 허약함	폐가 허약함	모름
위장 장애	습진, 대상포진, 평형감각 장애	모름
조울증	우울증, 서정적	서정적
의존적 성격	도망가는 성격을 가진 남자들한테 매달림	도망가는 성격
낭만주의	사랑에 쉽게 빠짐	호색가
만성적 미숙	만성적 미숙	만성적 미숙
극단적인 성격	극단적이고 자기중심적인 성격	자기중심적인 성격
담배 중독	담배 중독	담배 중독

모니카 1

1977년 여름, 모니카는 사랑에 감전되었다. 과들루프 섬으로 떠난 여름휴가에서, 어른들이 1년 내내 일하며 지친 기력을 회복하느라 내리 잠만 자는 동안 모니카는 혼자 조개를 주워 모으며 시간을 보냈다. 하지만 사실 그녀는 세상 그 누구보다 지친 상태였다. 태어난 뒤로 6년 동안 엄마의 감정 상태 변화를 일일이 알아차리는 데 온 감각을 열어놓고 살았으니까. 한마디로 초능력을 키우고 있었던 것이다. 그녀는 센서로 뒤덮여 있는 것 같았다. 아주 미세한 기류 변화부터 공기의 가벼운 떨림, 신체 기관의 진동, 호흡하는 리듬, 심지어 심장의 고동까지 놓치지 않고 감지했다. 위험에 빠진 물고기의 자기장을 감지하는 상어처럼, 그녀는 엄마가 불안정한 상태임을 알리는 정보를 끊임없이 수신했다. 그녀는 학교에 가서도 남동생과 같이 놀았고, 유도와 고전무용 수업을 들었다. 친구들과 어울리는 능력이 지극히 부족한 편이었지만, 이 모든 것은 그저 부차적인 문제일 뿐이었다. 모니카에게 세상의 중심은 줄담배를 피우고 점점 침대에서 못 일어나는 우울한 금발 여인이었으니까.

그해 여름, 모니카는 빨간 수영 팬티를 입은 소년과 만났다. 그 소년은 언제 어디서나, 심지어 테니스나 미니 골프를 칠 때에도 늘 수영 팬티를 입었다. 그녀는 소년을 보자마자 입이 딱 벌어졌다. 소년은 놀라울 정도로 매사에 거리낌이 없어 보였다. 하는 행동만 봐도 그 성격을 딱 알 수 있었다. 텀블링을 하고, 바위 위를 깡충깡충 뛰어다니고, 탁구를 칠 때에도 스매시를 날리고, 수영장에서 뒤로 다이빙을 하고, 모래사장에 누워 몸을 비비며 '섹스 흉내'를 내기도 했다. 고작 일곱 살짜리 소년이 가장 은밀하고 위험한 생활에 대해 아는 것은 물론이고 사람의 몸과 관련해서 모르는 게 없었다. 모니카는 저 멀리 시야에 빨간색이 불쑥 나타나기라도 하면, 배 속이 요란스레 꼬르륵거려도, 놀란 마음에 그런 소리가 나는지도 몰랐다.

어느 날 오후, 소년은 모니카에게 범죄 현장을 보여 주겠다며 그녀를 자신의 호텔 방으로 끌고 갔다. 모니카의 눈에 들어온 것은 양탄자 위에 떡 하니 놓인 죽은 게 시체와 게의 비틀어진 다리, 몸통 옆에 마치 당구공 미니어처처럼 따로 놓인 게 눈알 두 개였다. 그녀는 기겁을 하고 화장실로 도망쳤고, 이내 온몸에 힘이 쭉 빠지고 말았다. 곧 소년이 화장실에 따라 들어오더니, 소름 끼치는 눈빛으로 문을 닫고는 그녀의 온몸을 관통해 터뜨려 버릴 것 같은 말을 내뱉었다. "키스해, 안 그러면 넌 여기서 못 나가."

그 순간부터 모니카의 행동은 뇌에서 보내 온 신호가 아니라 기계적인 반사작용으로 이루어졌다. 일종의 생존 본능이었다고 할까. 갑자기 모든 움직임이 슬로모션처럼 보였고, 마치 샤워 커튼 뒤에 벌집이 있기라도 한 듯 귀에서 윙윙거리는 소리가 들리기 시작했다. 모니카는 몸을 앞으로 내밀었고, 그 순간 심장에서 이상한 소리가 들려왔다. 이내 그녀의 입술이 인질범의 입에 바짝 붙었다. 그의 양손은 입을 맞추는 내내 그녀의 엉덩이를 쥐고 있었고, 그녀는 물에 빠진 사람이 지푸라기라도 붙잡으려는 듯 그의 어깨에 매달려 있었다.

그날 일어났던 수컷의 힘에 대한 기억은 그 뒤로도 계속 그녀의 신경 말단에 달라붙어 있었다. 그녀는 죄책감에 시달리면서도, 소년이 모눈종이에 연필로 써서 보내온 황당한 편지에 일일이 답장했다. 몇 달 동안이나 말이다. 소년도 두 사람이 저지른 끔찍한 실수가 걱정이 되었는지 그녀에게 자신이 보내는 편지를 숨기는 게 좋겠다고 했다. 하지만 그러면서도 꼭 편지 말미에는 그녀의 부모님께 안부를 전해 달라는 말로 끝을 맺었고, 이것 때문에 모니카는 더 당황스럽고 괴로웠다.

그해 크리스마스, 소년이 스위스 크랑-몬타나에서 엽서를 보내왔다. 모니카를 만나러 제네바로 갈 생각이라 적혀 있었다. 하지만 그게 소년이 전해 온 마지막 소식이었다. 4월 어느 날, 모니카는 혹시나 학교 앞에서 소년의 모습을 볼 수 있을까 하는 기대를 접고(꿈속에서는 소년이 여전히 수영 팬티를 입고 학교 운동장에 서 있었고, 그 모습에 저도 모르게 미소를 짓곤 했었다), 담배를 입에 물고서 아침 식사를 준비 중인 엄마한테 와락 안기며 말했다. "더는 사랑 같은 건 안 할래요. 너무 아파요." 그러자 엄마는 버림받은 여인들에게서 느껴지는 차가운 체념의 기운을 풍기며 초췌한 시선으로 창밖을 바라보았다.

불안

1979년 10월, 앙브라의 생일을 기념해 모니카가 쓴 글.

"엄마 생일 축하해.
엄마 생일이라서 청소햇써.
얼른 생일 케이크도 만들엇써.
엄마가 29살이라는 말은 안햇써.
선물을 시러하는 사람은 업겟지.
마니마니 사랑해."

Maman
bon
anniversaire

a voir fait
le ménage
pour l'ani-
de ma-
man

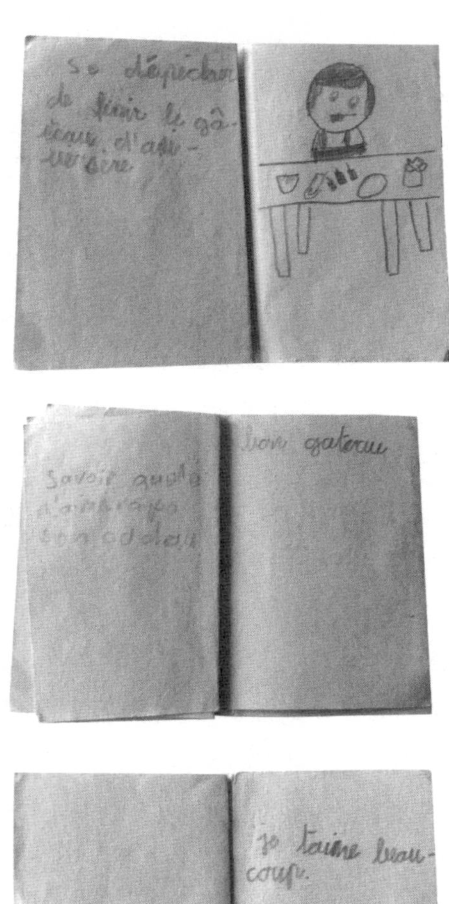

1979년, 모니카가 작성한 수첩.

모니카 2

1984년, 모니카는 여전히 남자에게서 키스를 받아 본 적이 없었다. 모니카는 마스카라를 하고 다니며 한 발짝 앞선 삶을 누리는 양 행세하는 동급생 여자아이들보다 키가 20센티미터 정도는 작았다. 그 여자아이들은 자신들이 무슨 전문가 집단이라도 되는 듯 비밀 신호를 서로 주고받으며 무리지어 몰려다녔다. 남자 사귀기, 브라질 팔지 차기, 화장실에서 담배 피우기, 고무줄로 머리카락을 돌돌 말아 다니기 등 그들만의 은밀한 관습대로 행동했다. 내색하진 않았지만, 그 애들을 복도에서 마주칠 때마다 모니카는 열등감에 시달렸고, 조물주의 선택에 배신당했다는 생각을 떨쳐 낼 수가 없었다. 불과 몇 달 사이에 그들은 볼살이 쏙 빠지고 키가 열대식물처럼 쑥쑥 자란 반면, 그녀의 몸은 여전히 미숙한 단계에 머물렀다. 남자와 침을 섞거나 남자들의 손가락이 셔츠 틈 사이로 미끄러져 들어오길 기대하는 것은 꿈도 꾸지 못할 처지였다.

어쩌다 파티에 갈 때면, 모니카는 조심스럽게 파티장을 돌아다니며 혼자 있는 게 아무렇지 않은 듯 차분하고 편안한 표정을 짓기에 바빴다. 그녀는 침실 창가에서 담배를 피우고 있는 남자애들의 움직임을 몰래 좇았지만, 그들은 멀리서 무관심한 얼굴로 시선을 피했다.

파티에서 고역 같은 시간을 보내던 중, 리오넬이라는 친구를 만났다. 그는 늘 땀을 과하게 흘려 땀범벅인 것도 모자라, 성장 속도도 남들보다 늦었다. 체격만 보면 딱 허약한 아이인데 반해 얼굴은 성조숙증에 걸린 사람 같았다. 신장이 좋지 않다는 것을 보여 주는 다크서클이 눈 밑에 내려앉아 있는가 하면, 머리카락은 비버나 수달의 털처럼 반질거렸다. 외형적인 모습과 테스토스테론 분비량이 완전히 따로 노는 바람에 리오넬은 불행한 사회생활을 이어나갔다. 리오넬이 여자들한테 다가가기만 하면 나비 떼가 한꺼번에 날아가듯 도망쳤기 때문에 그는 아웃사이더로 지낼 수밖에 없었다. 한번은 오아시스 페트병이 줄줄이 놓여 있는 식탁 옆 구석진 곳에서 리오넬이 모니카에게 담배 한 대 피우겠냐고 물었다. 모니카는 경계하는 눈빛으로 그의 번들거리는 검은색 셔츠를 흘끔 보고 잠시 망설이다가 욕실로 따라갔다. 욕실은 누가 봐도 타락의 온상지처럼 보이는 곳이었다. 그는 청바지 뒷주머니에서 찌그러진 말보로 한 갑을 꺼내더니, 담배 한 개비에 불을 붙이고는 전문가처럼 과감하게 연기를 내뿜기 시작했다. 리오넬은 모니카에게 담배를 내밀며 또 한 차례 담배 연기를 내뿜었고, 뭔지 모를 우울감에 사로잡혀 고개를 가로저으며 한마디 내뱉었다. “이 망할 놈의 파티.”

리오넬은 그날로 모니카와 커플이 되기로 결심했다. 뭐 못해도 서로 성적인 관계는 유지할 운명이라 생각했다. 리오넬은 모니카에게서 느끼는 에로틱한 감정을 편지로 써 그녀에게 보냈다. 자신이 사람의 몸을 탐구하거나 체액 냄새 맡는 것을 좋아한다는 사실을 온갖 비유를 동원해 격렬한 문체로 이야기했다 그러고 나서 '너의 귓불을 핥으며'라든지 '안녕, 베이비'라는 말로 편지를 끝맺었다. 그리고 모니카에게 일주일에 몇 번씩 전화를 해 댔다. 그럴 때마다 모니카는 왠지 모를 공포감에 사로잡혔으면서도 예의상 밝고 상냥한 목소리로 전화를 받았다. 수화기 너머 들려오는 목소리에 맞춰, 느린 박자로 맞춘 메트로놈처럼 고개를 흔들며 말이다. 모니카는 뭔가 비정상적인 은밀함 속에서 어쩔 도리 없이 추한 이성과 관계를 이어 가고 있는 자신을 돌아보았다. 그녀의 청춘이 마치 음산한 길 위에서 방황하고 있는 듯했다. 리오넬은 함께 영화 〈듄〉을 보자며 모니카를 영화관에 데려갔고, 그곳에서 그녀에게 키스했다. 그 순간, 그녀는 어린아이 분장을 하고 있는 이 남자에 대한 반감과 함께, 머리카락을 헝클어뜨린 채 이 남자만큼이나 땀에 흠뻑 젖어 있는 자신을 누군가 알아볼지도 모른다는 두려움이 밀려들었다. 하지만 그녀는 가만히 있었다.

그날 이후, 리오넬로부터 편지도, 전화도 오지 않았다. 모니카는 예전에 이미 경험했던 것 같은 느낌으로 편지를 기다렸다. 그렇게 인생은 또 한번 그녀에게 편지를 주고받는 일은 끝이 그다지 좋지 않다는 것을 알려 주었다. 봄에 열린 파티에서 리오넬과 마주쳤지만, 그는 미니스커트를 입은 여자와 시시덕거리고 있었다. 그녀가 가까이 다가섰을 때, 그의 시선은 그녀의 뒤쪽 어느 지점에 머물러 있는 듯했다. 그 다음 주말, 모니카는 리오넬에게 편지를 보내기로 마음먹었다. 특유의 음탕한 내용이 쓰인 편지 봉투에 또박또박 적혀 있던 그 주소, 그녀가 미간을 찌푸린 채 옮겨 받아 쓰게 될 거라고는 상상도 못했던 그 주소로 말이다. 그녀는 그에게 안부를 묻고, 성과 이름을 써서 서명을 남긴 뒤에 기울임체로 추신을 작성했다. '내가 키스를 잘 못했니, 그런 거야?'

사흘 뒤, 모니카는 편지함에서 쪽지를 발견했다. 쪽지가 담긴 봉투에는 보내는 사람의 주소가 적혀 있지 않았다. 그녀는 유죄 선고라도 앞둔 듯 불안한 마음으로 봉투를 열었다. 그리고 이내 A4용지에 빨간색으로 적힌 글자들을 발견하고는 그녀가 말보로 담배 연기를 처음으로 마셨던 때와 같은 현기증을 느꼈다. '걱정 마, 베이비. 너의 키스 = 와우.'

모니카의 일기장, 1984~1986년

그럼에도 불구하고 두 사람이 다시 마주칠 때면, 그는 여전히 그녀를 무시했다. 모니카의 성장 속도가 정상 곡선을 그리게 돼 C컵 브래지어를 사야 할 때가 되어서도 마찬가지였다. 반면 리오넬은 전혀 키가 크지 않아서, 고등학교를 졸업할 때까지 쭉 학급 사진을 찍을 때마다 맨 앞줄 여학생들 사이에 끼어 있었다.

그러던 어느 날 지구자기 역전과도 같은 대격변의 시대가 왔다. 예쁘장한 여학생들의 기피 대상이던 리오넬이 미스터리한 힘으로 그 여학생들의 마음을 끌어당기기 시작한 것이다. 리오넬의 신체는 성장을 거부했지만, 인기 곡선은 어마어마한 인플레를 그렸다. 학교에서 제일 예쁜 여학생들과 데이트를 하기 시작했다. 그 여학생들로 말하자면, 히치하이킹으로 스페인의 카다케스를 다녀온다거나 감독 선생과 잠자리를 가질 정도로 미모에 대한 평판이 자자한 여자아이들이었다. 마치 여학생들이 지난해 데이트 상대로 이름을 줄지어 옮겨 적어 둔 금발 미소년들이 알고 보니 거만함 뒤에 겁 많고 시시한 성격을 숨겨 놓았다는 사실이 밝혀지기라도 한 것 같았다. 반면 숱이 빽빽한 머리카락이나 걱정스러울 정도로 땀을 많이 흘리는 리오넬의 특징은 여학생들에게 하나의 매력 포인트로 작용하는 듯했다. 이제 그녀들은 리오넬의 머리카락 안에 손가락을 넣고 돌돌 말기를 꿈꿨다. 기류가 바뀌어, 남학생들이 청바지를 입은 모니카의 엉덩이에서 눈을 떼지 못하기 시작한 때에도 리오넬은 여전히 그녀를 쳐다보지 않았다. 그때부터 모니카는 괴로워하기 시작했다. 밤마다 침대에

누워 그가 보냈던 편지를 다시 꺼내 읽었고, 마음속에서 그를 향한 희망 없는 연정을 키웠다. 리오넬은 미묘한 매력에 민감한 남자였다. 그래서 아주 작은 키에 킬트 치마를 입은 모니카를 좋아했었다. 하지만 안타깝게도 그 순간은 이미 지나 버리고 말았다. 모니카는 고3 때까지 스스로에게 희망 없는 고문을 하며 리오넬을 연모했고, 그것도 모자라 몇 년이 흘러 슈퍼마켓 계산대에서 술에 찌든 뚱보의 모습으로 앉아 있는 그를 우연히 마주쳤을 때에도 여전히 그를 완벽한 신사로 생각했다.

알레산드로

2001년 3월, 모니카는 모 이탈리아 방송국에 전화를 걸어 알레산드로와 통화를 하고 싶다고 했다.

다른 곳에서와 마찬가지로 직장에서도 만나기 어려운 사람인 듯, 이 부서 저 부서로 전화가 넘겨지더니, 마침내 그 사람과 연결되었다. 모니카는 숨도 돌리지 않고 단숨에 아주 차갑고 또렷한 목소리로 자신이 누구인지 밝혔다. 그는 아무 말도 하지 않고 짐짓 억울하게 죄를 뒤집어 쓴 사람처럼 놀란 척하더니, 결국 아주 오랜 시간 도주 중이던 강도가 체념한 듯 한숨을 내뱉으며 모든 사실을 인정했다.

모니카는 그를 만나러 밀라노로 갔다. 그런데 마음속에 일렁이는 감정들은 왠지 그 상황과 들어맞지 않아 보였다. 취업 면접을 보는 사람처럼 차려입고 그와 만나기로 한 호텔 로비에 있으면서, 그녀가 생부를 만나 보고 싶다고 말했을 때 엄마가 그녀에게 던졌던 차가운 시선을 떠올렸다. "네 맘대로 해." 그녀의 엄마는 힘없는 목소리로 한마디 던지더니 부엌에 가서 냉장고 문을 열고 맥주 한 병을 꺼내 들었다. 그동안 한 번도 보지 못했던 엄마의 모습이었다.

그는 베스파를 타고 나타났다. 머리카락에 잔뜩 힘을 주고 베이지색 리넨 정장을 차려입은 모습이 꼭 바캉스를 함께 떠날 애인 같았다. 그는 "오늘 즐거울 것 같지?" 같은 달콤한 말을 던지며, 암페어 거리 광장에 있는 카페로 모니카를 데려갔다. 그 순간부터 모니카의 기억 속에 또렷이 새겨진 것은 아무것도 없었다. 그날 오후는 마치 터키식 목욕탕에 있는 것 같았다. 자욱한 안개가 현실의 윤곽을 희미하게 만들어 버린 듯한 느낌이었다. 영어와 이탈리아어, 프랑스어가 뒤섞인 이상야릇한 대화 소리는 마치 심해에서 들려오는 것만 같았다.

모니카는 달콤한 행복에 잠겼다. 일산화탄소 연기를 마셨을 때 느끼는 것과 같은 위험한 행복감이었다. 엄마와 있었던 러브 스토리에 관해 몇 가지 질문을 던졌지만, 그는 전혀 기억나지 않는다고 하며 자기 가문이 14세기 이래 프랑스 왕들을 접견해 왔다는 둥 가문 자랑만 늘어놓았다. 카페에서 나와, 둘이서 잠시 미로 같은 골목길을 함께 걸었다. 모니카가 인간세계를 떠나고 싶다는 생각에 사로잡혀 있는 동안, 그는 가게 진열장을 둘러보며 모니카에게 선물할 만한 기념품(볼펜? 우표?)을 찾느라 바빴다. 그는 수다스럽고 매력적이었고, 결정적인 순간 자신에 찬 치명적인 미소와 함께 라틴어 문장을 섞어 말하며 모니카가 고개를 끄덕이게 만들었다. 반면 모니카는 마치 포로처럼 온순한 모습이었다. 그녀가 사생아가 된 자신의 처지에 대해 얘기를 꺼내자, 그는 어떻게든 죄를 부인하려는 죄인들의 어쩔 수 없는 본성을 드러내며 친절하게 설교를 늘어놓았다. “미켈란젤로나 레오나르도 다빈치도 위업을 이루려면 어쩔 수 없었던 것 아니겠니.”

파리로 돌아오고 나서, 모니카는 그에게서 그녀의 아름다움이나 가혹한 운명에 대해 얘기하는 문자메시지를 몇 통 받았다. 모니카를 극도로 흥분하게 만드는 메시지들이었다. 하지만 이내 그는 타고난 천성을 누르지 못하고, 본색을 드러내기 시작했다. 자신이 왜 이 땅에 보내졌는지 되풀이해서 말했다. 그리고 그는 모니카에게 자신이 가장 최근에 쓴 책을 보냈다. 책 제목이 새끼 고양이처럼 다정한 젊은 여자들의 마음을 갈기갈기 찢어 놓으며 보낸 그의 지난 인생을 떠올리게 했다. 그 뒤, 그는 전화번호를 바꾸고 더는 연락하지 않았다.

알레산드로 《쓸모없는 유혹자》,
람피 디 스탐파 출판사.

3장

무너짐

끝

문자메시지를 그대로 옮겨 놓음.

2011년 9월 12일 오전 8시 13분, MS가 XX에게 보냄.

진심으로 이렇게 하는 게 낫다고 생각해?
난 너무 슬퍼. 난 지난 몇 달 동안 정말 좋았다고.

2011년 9월 12일 오후 12시 5분, XX가 MS에게 보냄.

난 더 좋을 것도 더 나쁠 것도 없는 일이라 생각해.
슬프긴 해도 불가피하고 합리적인 선택이잖아.
물론 나 역시 지난 몇 달 동안 좋았어.

précision. *Nébulosité d'une explication, d'une théorie.* ⇒ **confusion, flou, obscurité.** ◊ CONTR. Clarté, limpidité.

필연적인, 불가피한

NÉCESSAIRE [nesesɛʀ] adj. et n. m. — XIIe ; lat. *necessarius.* **I** Adj. **1.** Se dit d'une condition, d'un moyen dont la présence ou l'action rend seule possible une fin ou un effet. *Condition nécessaire et suffisante* pour qu'un quadrilatère soit un rectangle* (ex. que deux de ses angles successifs soient droits). «*Rabe ne possédait plus les deux sous nécessaires afin de payer sa place*» (Mac Orlan). IMPERS. *Il n'est pas nécessaire d'espérer pour entreprendre.* **2.** Dont l'existence, la présence est requise pour répondre au besoin (de qqn), au fonctionnement (de qqch.). ⇒ **indispensable, utile.** NÉCESSAIRE À. *Les vitamines sont nécessaires à l'organisme.* «*Voyez-vous, nos enfants nous sont bien nécessaires*» (Hugo). ◊ ABSOLT Qui est très utile, s'impose : dont on ne peut se passer. ⇒ **essentiel, primordial.** «*ils manquèrent de tout ce qui est nécessaire, au milieu de tout ce qui est superflu*» (Diderot). *C'est un mal nécessaire,* que l'on tolère vu les avantages qu'il comporte par ailleurs. *Personne nécessaire* (par les services qu'elle rend). «*La certitude d'être nécessaire prolonge la vie des vieilles femmes*» (Mauriac). *Elle n'a pas jugé nécessaire de nous prévenir,* elle ne nous a pas prévenus et c'est regrettable. *Il est nécessaire d'en parler, qu'on en dise un mot.* ⇒ **falloir** (il faut que). PÉJ. *Était-ce bien nécessaire?* **3.** LOG. Qui est de la nature ou qui est l'effet d'un lien logique, causal. *Enchaînement nécessaire d'un effet par rapport à sa cause.* ⇒ 2. **logique.** — COUR. *Effet, produit, résultat nécessaire,* qui doit se produire immanquablement. ⇒ **immanquable, inéluctable, inévitable, infaillible, obligatoire, obligé.** «*toute chose humaine est nécessaire et déterminée par la marche irrésistible de l'ensemble des choses*» (Senancour). **4.** PHILOS. Qui existe sans qu'il y ait de cause ni de condition à son existence. ⇒ **absolu, inconditionné, premier.** *L'Être nécessaire* : le Dieu de Descartes, de Pascal.

시도해 볼 필요가 없다. ㅋㅋㅋ

LOL

필요한, 불가결한

없어서는 안 될

필요악

필연적으로 벌어질 =〉 필연적인, 불가피한, 피할 수 없는, 틀림없는, 필수적인, 어쩔 수 없는

절대자 =〉 절대적인, 무조건적인, 필요불가결한

2159

RAISONNABLE [rɛzɔnabl] adj. — 1265 ; *reidnable* 1120 ; de *raison** (voir l'encadré) **1.** DIDACT. Doué de raison. «*Le plaisir est l'objet, le devoir et le but De tous les êtres raisonnables*» (Voltaire). ⇒ **intelligent, pensant.** *L'homme, animal raisonnable.* ◊ (CHOSES) Conforme à la raison. ⇒ **rationnel.** «*La diversité de nos opinions ne vient pas de ce que les uns sont plus raisonnables que les autres*» (Descartes). **2.** COUR. Qui pense selon la raison, se conduit avec bon sens et mesure, d'une manière réfléchie. ⇒ **sensé.** *Un enfant raisonnable. Allons, soyez raisonnable, n'exigez pas l'impossible.* «*C'est toujours quand une femme se montre le plus résignée qu'elle paraît le plus raisonnable*» (Gide). ◊ (CHOSES) *Avis, opinion raisonnable. Interprétation raisonnable,* fondée. *Conduite, décision raisonnable.* ⇒ **judicieux, responsable, sage.** *Est-ce bien raisonnable?* — IMPERS. *Il est raisonnable de penser...* ⇒ **naturel, normal.** ◊ SPÉCIALT Qui consent des conditions honnêtes et modérées. *Commerçant, négociateur raisonnable.* **3.** Qui correspond à la mesure normale. *Accorder une liberté raisonnable à qqn. Prix raisonnable.* ⇒ **acceptable, modéré.** — Assez important, au-dessus de la moyenne. *Un raisonnable paquet d'actions.* «*Il était, quand je l'eus, de grosseur raisonnable*» (La Fontaine). ◊ CONTR. Déraisonnable, extravagant, fou, insensé ; passionné, léger. Aberrant, absurde, illégitime, injuste ; excessif, exorbitant.

이치에 맞는

도리에 맞는,
분별 있는, 마땅한

"자고로 여자는
체념하고 받아들일 때,
가장 분별 있어 보이는
법이다." (앙드레 지드)

반대말 : 무분별한, 과도한,
무모한, 비상식적인
열렬한, 경솔한,
터무니없는, 부당한,
부정한; 극단적인,
과도한

프랑스어 사전 《르프티 로베르》(1967년 판)에 실린
단어 'nécessaire(불가피한)'와 'raisonnable(합리적인)'의 정의.

용어 분석

불가피한	합리적인
먹다	양치하다
바라다	단념하다
감행하다	자제하다
자다	자다
예술	말
(책을 쓰다)	(정신과 상담을 받으러 가다)
XX(그 남자)	YY(다른 남자)

반응

MS가 사랑하는 사람과 이별한 뒤 나온 즉각적인 반응 모음.

(그 남자를 모르는) 남자들.

– 듣던 중 반가운 소리군.
– 네가 그 남자를 너무 리드한 거 아냐?
– 과거는 그냥 잊어.
– 최대한 빨리 딴 남자랑 자야겠네.*
– 아가씨같이 예쁜 여자를…….*
– 이탈리아 남자라고? 이탈리아 남자들, 다 마초야.*
– 유부남인가?*
– 그쪽에서 바람피웠어?*
– 딴 여자랑 도망갔어?*
– 여자는 세상 어떤 남자와도 사랑에 빠질 수 있지. 한 여자가 한 남자를 원하기만 하면 가지는 건 시간문제라고.*
– 외곽 순환도로 같은 거지. 길이 막혔으면 방향을 돌려야 해. 적

응해야 하는 거지.*

– 난 내 아내랑 30년째 같이 살고 있어.*

– 아가씨가 위험을 간신히 모면한 걸지도 모르지.*

– 아가씨 별자리가 뭐요? 아! 사자자리. 원래 사자자리는 사랑 문제가 잘 안 풀리는 법이야.*

– 아니, 대체 이 망할 놈의 도시에서 뭘 기대한 거요?*

– 6개월이란 시간을 지질학적으로 따지면, 아무것도 아니지. 그냥 먼지 한 톨이라고.

(그 남자를 아는) 남자들.

– 그냥 흘려보내.

– 그래도 그 자식 제대로 알고 보면, 아주 괜찮은 놈인데.

– 그 자식 전 여자 친구를 내가 아는데, 괜찮은 여자야.

– 제기랄, 그냥 잊어, 인생 짧다고.

– 죽지 않고 잘 지내잖아. 그런 거야.

– 그 자식 무슨 영화 찍냐?

– 작년에 칸에서 우리 포복절도했잖아.

(그 남자를 모르는) 여자들.

– 미친놈!

– 그 자식 전 여자 친구, 별 볼일 없는 여자가 분명해.

– 겁쟁이 아냐?

– 네가 너무 과분했나 보지.

– 그 남자 게이 아냐?

– 그 자식 마음을 흔들어 놔야지.

– 후유, 난 도대체 남자란 족속을 이해하려야 할 수가 없어.

– 어째 내 주위에는 하나같이 솔로인 여자들만 있는 것 같지?

– 기분 나쁘게 듣진 말고……. 난 네가 어쩐지 마조히스트라는 생각이 들어.

(그 남자를 아는) 여자들.

– 미친놈!

– 지가 대단한 놈이라는 착각에 빠져 사는 거 아냐?

– 너랑 정말 안 맞는 남자군.

– 자기 자신밖에 사랑할 줄 모르는 남자야.

– 어쨌든 그 자식 10년 안에 대머리 될 거야.

– 장난해?

– 그 남자 무성욕자가 아닌가 하고 생각했다니까.

– 맨날 가죽 잠바나 걸치고 다니는 멍청한 놈.

– 프랑스 최연소 지역구 의원에 당선될 놈이야(그 남자의 옷 스타일을 비꼬며).

– 유감이네, 귀여웠는데.

* MS가 출퇴근할 때 탔던 택시에서 운전기사들이 한 말.

마음의 동요에 관해

2011년 9월 13일부터 11월 14일 사이에

MS와 XX가 주고받은 문자 메시지를 그대로 옮겨 놓음.

2011년 9월 13일 오후 8시 02분, MS가 XX에게 보냄.

나한테는 다를 줄 알았어.

2011년 9월 13일 오후 8시 08분, XX가 MS에게 보냄.

그건 지나친 교만이야.

2011년 9월 22일 밤 10시 46분, MS가 XX에게 보냄.

이제 단념했어.

2011년 9월 22일 밤 10시 47분, MS가 XX에게 보냄.

대단하지?

2011년 9월 22일 밤 11시 00분, XX가 MS에게 보냄.

글쎄.

2011년 9월 22일 밤 11시 05분, MS가 XX에게 보냄.

뭘 물으면 무슨 얘기라도 좀 해.

2011년 9월 24일 오전 11시 18분, MS가 XX에게 보냄.

메시지를 하나 남길게. 답문은 보내지 마.

2011년 9월 24일 오후 3시 07분, XX가 MS에게 보냄.

거만 떠는 건 아닌데, 나도 실망스러웠어.

2011년 9월 25일 새벽 4시 33분, MS가 XX에게 보냄.

사실 나

2011년 9월 26일 오전 10시 12분, MS가 XX에게 보냄.

넌 나랑 헤어지는 중이야.

2011년 9월 26일 오전 11시 58분, XX가 MS에게 보냄.

우린 벌써 헤어진 거 아닌가.

2011년 10월 2일 오후 12시 42분, XX가 MS에게 보냄.

잘 지내?

2011년 10월 2일 오후 12시 42분, MS가 XX에게 보냄.

알 거 없잖아.

2011년 10월 6일 오후 5시 39분, MS가 XX에게 보냄.

우리 만날까?

2011년 10월 6일 오후 5시 45분, XX가 MS에게 보냄.

나야 좋지, 네 마음 내키는 대로…….

2011년 10월 6일 오후 5시 55분, MS가 XX에게 보냄.

잘하는 건지 모르겠지만 만나기로 해.

2011년 10월 6일 오후 6시 00분, XX가 MS에게 보냄.

그럼 내일 볼까?

2011년 10월 6일 오후 6시 03분, MS가 XX에게 보냄.

내일, 좋아.

2011년 10월 7일 오전 11시 06분, XX가 MS에게 보냄.

점심 같이 할까?

2011년 10월 7일 오전 11시 07분, MS가 XX에게 보냄.

글쎄, 점심을 먹으면 우울해져.

2011년 10월 7일 오전 11시 08분, XX가 MS에게 보냄.

알았어. 그럼 시간 날 때 커피 한 잔?

2011년 10월 7일 오전 11시 21분, MS가 XX에게 보냄.

미안한데, 그냥 만나지 말자.

2011년 10월 7일 오후 4시 48분, MS가 XX에게 보냄.

결국 담배가 막 당기네.
같이 담배 피우러 갈래?

2011년 10월 7일 오후 4시 51분, XX가 MS에게 보냄.

그러자.

2011년 10월 7일 오후 5시 50분, XX가 MS에게 보냄.

고마워.

2011년 10월 7일 오후 5시 50분, MS가 XX에게 보냄.

뭐가?

2011년 10월 14일 오후 7시 18분, MS가 XX에게 보냄.

생각 좀 해 봤어?

2011년 10월 14일 오후 7시 41분, MS가 XX에게 보냄.

그래, 이게 네 대답인 거지?

2011년 10월 14일 밤 9시 58분, XX가 MS에게 보냄.

미안, 지하 술집에 있어서 전화가 안 터졌어(고민하기에 적합한 장소).

2011년 10월 17일 밤 11시 42분, MS가 XX에게 보냄.

고마워. 빌어먹을, 고마워 죽겠다고.

2011년 10월 17일 밤 11시 50분, MS가 XX에게 보냄.

대단한 분 나셨어, 문제 해결사님!

2011년 10월 18일 밤 12시 08분, MS가 XX에게 보냄.

아무도 거들떠보지 않고 살아가는 비법 좀 알려 주시지.

2011년 10월 18일 밤 12시 26분, XX가 MS에게 보냄.

그냥 나도 신경 쓰는 일이 있다고 치고, 대체 네가 원하는 대답이 뭔데?

2011년 10월 19일 오전 10시 03분, MS가 XX에게 보냄.

미안해, 엄청 부담스럽지.

2011년 10월 19일 오후 1시 52분, XX가 MS에게 보냄.

이 모든 것 없이도 잘 지낼 거라 믿어.

2011년 10월 24일 새벽 2시 12분, MS가 XX에게 보냄.

자?

2011년 10월 26일 오후 12시 52분, MS가 XX에게 보냄.

계속 내 문자 씹으면, 인질을 처형할거야(다색 줄무늬 라이터).

2011년 10월 26일 오후 12시 54분, XX가 MS에게 보냄.

그럴 줄 알았어!

2011년 10월 26일 오후 12시 55분, MS가 XX에게 보냄.

지금 몸값 얘기를 하자는 거야. 인질범이 제안을 기다린다고. 당연히 돈으로 해결하자는 건 아니고.

2011년 10월 26일 오후 2시 12분, MS가 XX에게 보냄.

난 저녁 식사를 원해.

2011년 10월 26일 오후 2시 12분, XX가 MS에게 보냄.

거기서부터 협상을 시작하자는 건가?

2011년 10월 26일 오후 2시 13분, MS가 XX에게 보냄.

손 안에 목숨을 쥔 인질범은 협상하지 않는 법이지.

2011년 10월 26일 저녁 7시 52분, XX가 MS에게 보냄.

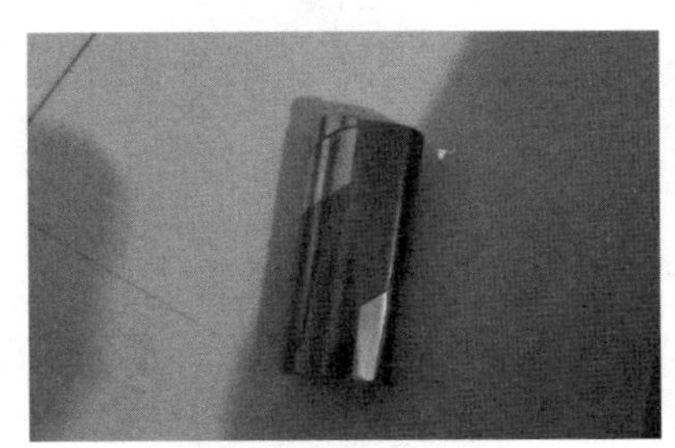

달스턴 센트럴 마켓 : 3파운드.

2011년 10월 26일 저녁 8시 15분, MS가 XX에게 보냄.

딜. 저녁 식사 자리에서 교환하는 걸로.

2011년 10월 30일 오후 2시 30분, MS가 XX에게 보냄.

2011년 10월 30일 오후 2시 32분, MS가 XX에게 보냄.

주말에 코르시카 섬으로 떠났다고 네가 직접 인질한테 말해.

2011년 10월 30일 오후 3시 57분, XX가 MS에게 보냄.

2011년 11월 14일 밤 11시 11분, MS가 XX에게 보냄.

매정하고, 쩨쩨하고, 멋대가리 없는 자식.

스타 시스템

2011년 8월 29일, MS가 파리 2구 몽마르트 가(街) 클럽 실렌시오에서, 데이비드 린치의 홍보 인터뷰 발췌.

"대학 시절, 여자 친구가 둘 있었는데, 한 명은 몰래 만났지요. 내가 사랑한 사람은 몰래 사귄 여자였죠. 하루는 둘이 점심을 먹는 자리에서 날 사랑하느냐고 그녀에게 물었어요. 그녀가 대답했죠(속삭이며). '아니.' ……. 아! 마음이 많이 아팠어요. 그 뒤로 나는 20년 동안 그녀를 떠올렸어요. 그녀가 내 꿈에 계속 나타날 정도였으니까요. 결혼을 한 뒤에도 마찬가지였어요. 내가 결혼을 몇 번 했느냐 하면……. 그렇죠, 네 번. 글쎄, 네 번의 결혼 생활 내내 꿈속에 그녀가 등장했답니다. 그런데 있죠, 사실 그녀는 날 사랑했어요. 몇 년 뒤, 나한테 말했거든요. 그땐 그게 사랑인지 몰랐었다고 말이에요. 얼마 전, 그녀에게 전화를 한번 걸어 보기로 마음먹었어요. 그런데 참 우습죠. 전화기 너머로 그녀의 목소리가 들려오는 순간, 바로 그 순간 모든 것이 끝나고 말았어요. 해방이 찾아온 것이죠. (침묵) 휴지 한 장 드릴까요? 당신이 머릿속으로 그리는 것들이 현실보다 훨씬 더 아름답다는 거 알고 있잖아요, 그렇죠?"

2011년 8월, 데이비드 린치.

2011년 9월 1일 오후 7시 15분, MS가 XX에게 전화를 걸었다.
MS는 XX의 목소리가 들려오는 순간, 전화를 끊었다.
그녀는 그 어떤 해방감도 느끼지 못했다.

회색 카디건의 기적

2011년 11월 29일, MS는 회사 엘리베이터에서 XX와 마주쳤다. 그가 그녀 쪽으로 손을 뻗어 카디건 단추 하나를 바로 채워 주었다.

퇴근하고 스쿠터로 데려다 주겠다고 했다.

마법의 힘을 지닌 이자벨 마랑 회색 카디건.

감정 수수께끼

2011년 12월 1일 오후 1시 29분,

MS가 XX에게 보낸 이메일 발췌.

한 가지 궁금한 게 있어.

나에 대한 감정이 그렇게 명확하면서 왜 나랑 밤을 보낸 거야?

정말 궁금해 미칠 지경이야.

어제, 넌 정말 나에게 무관심해 보였어.

2011년 12월 1일 오후 2시 47분,

XX가 MS에게 보낸 이메일 발췌.

답해 주지. 어젯밤에는 말이지, 그 순간 마지막 한 번이라고 약속하며 너무도 간절히 원하는 네 모습을 보니, 바보같이 나도 하고 싶어졌어.

네가 나에게서 느꼈다는 그 무관심하다는 것, 그건 사실 그렇게 해야지만 너의 그 집요한 애정 표현에 대한 대답이 될 거라는 생각 때문에 단련된 감정인 거야. 넌 맨날 나한테 알 수 없는 사람이라고, 이중인격자라고 얘기하잖아. 그래서 분명하고 직설적인 모습을 보이려고 애쓰는 거야.

그래도 어떻게 해서든지 냉혹한 사람만큼은 되고 싶지 않은데, 네가 그렇게 느낀다니 유감이네.

미끼

MS가 2011년 12월 5일부터 2012년 3월 1일 사이에
XX와 신체적 접촉이 있기를 바라며 착용한 회색 스웨터.
(2011년 12월 5일부터 2012년 3월 1일 사이에 MS와 XX가
성관계를 가진 횟수 : 0)

죽음에 관해 1

MS가 앙브라에게.

2012년 1월 30일 오후 11시 29분에 보낸 이메일 발췌.

엄마,

엄마가 어떻게 해 주면 내 맘이 좀 편해질는지 늘 나한테 묻잖아요. 어디 한번 아빠가 엄마를 버리고 떠났을 때 마음이 어땠는지 이야기해 줘 봐요. 그러면 내 맘이 좀 편해질 것 같기도 해요.

앙브라가 MS에게.

2012년 1월 31일 오전 9시 12분에 보낸 이메일 발췌.

사랑하는 내 딸,

네가 실연의 아픔에서 허우적대는 모습을 보고 있자니 마음이 아프단다. 내 일은 너무 어릴 적 일이라, 잘 기억이 나지 않는구나. 물론 슬펐겠지, 하지만 누구나 이별 뒤에 겪는 그런 슬픔이었지 싶다.

잘 지내렴.

이브 1

1972년 12월, 어느 스위스 스키장에서 앙브라는 유복한 상속녀 분위기를 풍기며 이브와 마주했다. 사람들은 두 사람이 잘 되길 바라는 마음에 저녁 식사 자리에서 나란히 앉도록 했지만 정작 그는 그녀에게 눈길 한 번 주지 않았다. 앙브라는 여전히 긴 금발 머리에 우수에 젖은 눈빛을 하고 있었다. 뭇 남성들은 영원히 그녀를 붙잡아 두고 싶어 했지만 이브는 그렇지 않아 보였다. 그는 송곳니로 선홍빛 고기를 씹으며 테이블 건너편의 브라질 여인에게 미소를 보냈다. 그는 매력적인 미소와 이공계 출신다운 대화법으로 불순한 매력을 내뿜었다. 말하자면 에로틱한 협박 아닌 협박으로 여자들의 마음을 사로잡았다. 그는 UN 제네바 본부에서 일했다. 하지만 그가 국제노동사무국에서 맡은 임무가 무엇인지 제대로 알지 못한 상태에서 그가 타고 다니는 메르세데스 외교용 차량 번호판만 보면, 조용히 일을 진행하는 노련한 협상가를 떠올리게 했다.

전해져 오는 얘기에 따르면, 그 브라질 여자는 집에 데려다 주겠다는 이브의 제안을 일찌감치 거절했다고 한다. 이브는 그제야 안경을 벗고, 스키 모자를 쓰고 있던 지고지순한 금발 여인 쪽으로 고개를 돌려 권위적인 아버지의 말투로 얘기했다. “자, 가자, 데려다 줄게.”

둘은 1973년 8월 4일 제네바 레망 호숫가에 있는 라 레제르브 공원에서 결혼식을 올렸다. 바로 그날이 되어서야, 이브는 공식적으로 모니카를 인정했다. 주위 사람들은 다른 의견의 여지가 없는 이유를 들며 모니카 역시 스위스로 이사를 가야 한다고 말했다(“이제 네 아빠야.”). 그런데 이상하게도 결혼식 사진 속에 어린 여자아이의 모습은 당최 보이질 않고, 아이 엄마가 입은 녹색 롱드레스는 묘한 시각적 효과로 잔디와 겹쳐져 눈에 띄지 않았다. 드문드문 보이는 하객들이 거의 노인들뿐인 것이 이브의 마음을 아프게 했는지, 안경을 벗은 이브의 시선에서 그가 사시라는 사실과 함께 우울함이 비쳤다.

앙브라는 결혼사진이 왠지 모르게 침울하다는 생각에, 결혼 앨범의 각 장마다 여러 색깔로 꽃과 풍선을 그려 넣었다. 시청에서 찍은 사진에는 이브를 겨냥한 권총 이미지를 붙여 넣었다. 모니카는 종종 무언가에 홀리듯 앨범을 꺼내 보았는데, 그럴 때마다 길게 (아주 길게) 엄마가 먹으로 그려 놓은 그림을 응시했다. 그중에서도 유독 계속 눈이 가는 부분이 있었다. 바로 새아버지가 연미복 차림으로 벽에 기대고서 자연스러운 미소를 지으며 피투성이 도끼와 면사포를 휘두르는 그림이었다.

1973년 앙브라와 이브의 결혼 앨범.

모니카 3

모니카는 어린아이, 특히 죄악으로 태어난 어린아이 고유의 열의를 내보이며 새롭게 맞이한 인생에 유연하게 적응했다. 제네바에 도착하고 몇 달 지나지 않아 프랑스어를 했고 더는 이탈리아어를 한마디도 하지 않았다. 이탈리아어는 마치 잿더미와 충격에 매몰된 도시 폼페이처럼 존재하지 않는 세계의 언어였다. 1974년 8월, 모니카는 아주 기쁜 마음으로 남동생 파브리스의 탄생을 맞이했고, 팔짝팔짝 뛰는 걸음으로 유치원에 입학했다. 모니카에게 유치원이라는 미지의 땅은 전혀 두려운 곳이 아니었고, 오히려 끊임없이 원했던 해방에 대한 응답이었다.

1974년 11월, 모니카는 베르트랑 공원 놀이터에 있는 미끄럼틀에 올라갔다가, 엄마가 보는 앞에서 콘크리트 바닥에 머리부터 처박혔다. 코가 깨져서 몇 주 간 안쓰러울 정도로 퉁퉁 부어 있었음에도 모니카는 마치 시민의 안녕을 무엇보다 걱정하는 정치인인 양 미소를 잃지 않았다.

그날 이후, 모니카는 응급실과 소아과를 번갈아가며 밥 먹듯이 자주 드나들었다. 마치 미끄럼틀 사건으로 마음속 깊숙이 잠자고 있던 자유낙하에 대한 애착이 깨어나기라도 한 듯 말이다. 거리에서, 공원에서, 유치원에서, 시간이 지나 학교에서도 끊임없이 넘어졌다. 눈에 띄지 않는 조용한 추락이었다. 어린아이의 혈기왕성함에서 무작정 튀어나오는 행동과는 달랐다. 한 번도 양손으로 머리를 감싸는 일 없이 그대로 머리부터 처박았다. 엄청난 흉터가 남았다. 비둘기 알 자국이 난 이마부터 멍든 눈, 피투성이 턱, 이리저리 긁힌 자국이 난 뺨. 무엇보다 세발자전거를 타다가 멈출 때 떨어지면서 두개골에 외상성 상해를 입었던 것은 그야말로 곡예의 정점이었다. 1977년, 모니카는 강제로 유도 수업에 끌려가게 되기 전까지 줄곧 이 능란한 기교를 부렸다. 운동에 임하는 자세가 누구보다 진지한 독일 출신 스위스인 베버 사범을 만나면서, 모니카는 창의성을 발휘하는 일을 포기하고 노란 띠를 땄다.

1975년, 모니카.

상처

2012년 2월 20일 밤 11시 45분,

안나가 파리 10구에 있는 어느 아파트에서 MS를 앞에 두고 다음과 같은 말을 했다.

"토요일에 로랑 집에 갔는데……. XX가 여자 친구랑 같이 있더라고……. 왜 너도 알지? 콩스탕스. 영화업계에서 일하잖아."

2012년 2월 23일 오전 10시 20분,

MS가 길에서 발을 헛디뎠다.

영상의학센터
렌느 거리 80번지
파리 6구

파리, 2012년 2월 25일.

MS님,

솔리냐 드니 교수.

오른발 X선 사진.

적응증 : 외상(방사선량 : 11.7cGy/cm2).

진단 : 5번 중족골 단순 골절.

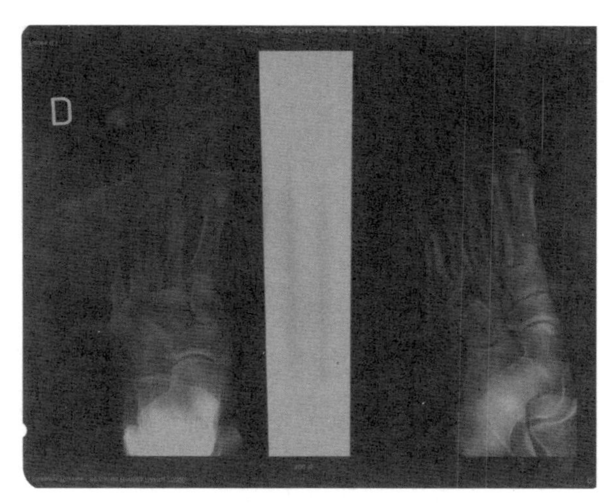

MS의 오른발 X선 사진, 2012년 2월.

MS가 영상의학센터 대기실에서 몰래 가져온 《렉스프레스》지,
〈자아도취적 변태성욕자들을 알아보는 법〉

죽음에 관해 2

문자메시지를 그대로 옮겨 놓음.

2월 27일 밤 9시 2분, MS가 XX에게 보냄.

미안, 술 한 잔에 이렇게 정신 못 차릴 줄 몰랐어. 미안.

2월 27일 밤 9시 15분, MS가 XX에게 보냄.

짜증나지?

2월 27일 밤 9시 20분, XX가 MS에게 보냄.

전혀.

2월 27일 밤 10시 2분, MS가 XX에게 보냄.

너 없인 안 돼. 안 된다고.

2월 27일 밤 11시 24분, XX가 MS에게 보냄.

어쩌지, 나랑은 상관없는 일인 것 같은데.

2012년 3월 3일 오후 3시 3분,

MS(회사 메일 주소)가 MS(개인 메일 주소)에게 보낸 이메일.

안돼안돼안돼안돼안돼안돼안돼안돼안돼안돼안돼안돼안돼안돼안돼
안돼안돼안돼안돼안돼안돼안돼안돼안돼안돼안돼안돼안돼안돼안돼
안돼안돼안돼안돼안돼안돼안돼안돼안돼안돼안돼안돼안돼안돼안돼
안돼안돼안돼안돼안돼안돼안돼안돼안돼안돼안돼안돼안돼안돼안돼
안돼안돼안돼안돼안돼안돼안돼안돼안돼안돼안돼안돼안돼안돼안돼
안돼안돼안돼안돼안돼안돼안돼안돼안돼안돼안돼안돼안돼안돼안돼
안돼안돼안돼안돼안돼안돼안돼안돼안돼안돼안돼안돼안돼안돼안돼
안돼안돼안돼안돼안돼안돼안돼안돼안돼안돼안돼안돼안돼안돼안돼
안돼안돼안돼안돼안돼안돼안돼안돼안돼안돼안돼안돼안돼안돼안돼
안돼안돼안돼안돼안돼안돼안돼안돼안돼안돼안돼안돼안돼안돼안돼
안돼안돼안돼안돼안돼안돼안돼안돼안돼안돼안돼안돼안돼안돼안돼
안돼안돼안돼안돼안돼안돼안돼안돼안돼안돼안돼안돼안돼안돼안돼
안돼안돼안돼안돼안돼안돼안돼안돼안돼안돼안돼안돼안돼안돼안돼
안돼안돼안돼안돼안돼안돼안돼안돼안돼안돼안돼안돼안돼안돼안돼
안돼안돼안돼안돼안돼안돼안돼안돼안돼안돼안돼안돼안돼안돼안돼
안돼안돼안돼안돼안돼안돼안돼안돼안돼안돼안돼안돼안돼안돼안돼
안돼안돼안돼안돼안돼안돼안돼안돼안돼안돼안돼안돼안돼안돼안돼
안돼안돼안돼안돼안돼안돼안돼안돼안돼안돼안돼안돼안돼안돼안돼

안돼안돼안돼안돼안돼안돼안돼안돼안돼안돼안돼안돼안돼안돼안돼
안돼안돼안돼안돼안돼안돼안돼안돼안돼안돼안돼안돼안돼안돼안돼
안돼안돼안돼안돼안돼안돼안돼안돼안돼안돼안돼안돼안돼안돼안돼
안돼안돼안돼안돼안돼안돼안돼안돼안돼안돼안돼안돼안돼안돼안돼
안돼안돼안돼안돼안돼안돼안돼안돼안돼안돼안돼안돼안돼안돼안돼
안돼안돼안돼안돼안돼안돼안돼안돼안돼안돼안돼안돼안돼안돼안돼
안돼안돼안돼안돼안돼안돼안돼안돼안돼안돼안돼안돼안돼안돼안돼
안돼안돼안돼안돼안돼안돼안돼안돼안돼안돼안돼안돼안돼안돼안돼
안돼안돼안돼안돼안돼안돼안돼안돼안돼안돼안돼안돼안돼안돼안돼
안돼안돼안돼안돼안돼안돼안돼안돼안돼안돼안돼안돼안돼안돼안돼
안돼안돼안돼안돼안돼안돼안돼안돼안돼안돼안돼안돼안돼안돼안돼
안돼안돼안돼안돼안돼안돼안돼안돼안돼안돼안돼안돼안돼안돼안돼
안돼안돼안돼안돼안돼안돼안돼안돼안돼안돼안돼안돼안돼안돼안돼
안돼안돼안돼안돼안돼안돼안돼안돼안돼안돼안돼안돼안돼안돼안돼
안돼안돼안돼안돼안돼안돼안돼안돼안돼안돼안돼안돼안돼안돼안돼
안돼안돼안돼안돼안돼안돼안돼안돼안돼안돼안돼안돼안돼안돼안돼
안돼안돼안돼안돼안돼안돼안돼안돼안돼안돼안돼안돼안돼안돼안돼

니콜

1985년 12월 즈음, 모니카는 자신이 제정신이 아닐뿐더러, 어쩌면 매춘부의 운명을 타고났을지도 모른다는 결론을 내렸다. 펜팔 친구 니콜과 함께 코트다쥐르에서 가족 휴가를 보내던 중이었다. 니콜은 포니테일을 한 금발 머리 소녀였고, 조용한 미소 뒤에 포르노에 대한 광적인 취향을 숨기고 있었다.

그해는 1년 내내 정신이 없었다. 집에서는 틈만 나면 파티가 열렸고, 앙브라는 술집 여자나 체인을 목에 두른 노예 변장을 하고 파티장에 나타나 라즈베리 샴페인 잔 여기저기에 립스틱 자국을 남기고 다녔다.

앙브라는 가끔 침묵하기도 했다. 편안하면서도 불안한 침묵이 몇 주 동안 눈처럼 내려앉았다. 그러다 결국 그녀는 자취를 감추고 말았다. 앙브라는 아침에 잠에서 깨어나 속세, 굳이 말하자면 가정에서 빠져나오라고 자신에게 명령하는 알 수 없는 힘에 이끌려 몸을 일으켰다. 그러고는 청바지에 스웨터를 걸치고 이노첸티 990에 몸을 실었다. 그녀의 드라이브는 레망 호수 기슭의 요양원에서 멈췄다. 그녀가 온갖 환상을 그릴 수 있게 해 주는 곳이었다. 그녀는 마치 첩보 기관에서 훈련이라도 받듯, 아무도 만날 수없고 심지어 전화도 할 수 없는 공간을 원했던 것이다.

앙브라가 다시 집으로 돌아와도 쓰레기통에 재빨리 석고 재떨이를 비우는 일 말고는 기분전환 거리로 삼을 만한 게 없었다. 그녀는 어느새 또다시 가정에 매여 있었다. 어디를 보아도 또 다른 생활을 병행할 수 있다고 이야기해 주는 곳은 없었다. 꿈이란 그림자처럼 만질 수 없는 존재였다.

그해 겨울은 앙티브 해변 위에 솟은 호텔에서 니콜은 물론 가족과 함께 크리스마스를 보내기로 했다. 호텔을 둘러싼 흰 대리석과 곳곳에 버려진 휴대용 의자 때문인지 호텔은 병적인 우울함을 자아냈다. 사랑에 관한 프랑스식 기교를 직접 경험해 보겠다는 굳은 의지를 안고 로드아일랜드에서 온 니콜은 자정이 되기를 기다리며 창가에서 담배를 피웠다. 매일 밤 정확히 같은 시간, 니콜은 호텔 로비를 빠져나와 미니 드레스에 향수까지 진하게 뿌리고서는 새벽까지 모습을 감추었다.

첫 며칠 동안 니콜이 탈출하는 모습을 보고 모니카는 경악을 금치 못했다. 모니카의 머릿속에는 '우리는 세상 그 무엇도 누구도 믿을 수 없다.'는 신의 섭리가 계속해서 떠올랐다. 하지만 모니카는 수없이 반복되는 이러한 액션 신에서 자신이 밖으로 밀려나는 모습을 그저 바라보기만 했다. 마치 모든 일이 그녀의 시선과는 상관없이 먼 곳에서 일어나고 있는 듯. 그녀에게 남은 거라곤 여자로서의 전율을 느끼고픈 불안한 망상뿐이었다.

첫 며칠 동안 모니카는 창문을 바라보며, 니콜의 일그러진 미소와 부서질 것 같은 실루엣이 어둠 속으로 사라지는 모습을 좇았다. 니콜은 낮 동안 테니스 복을 입고 완벽한 이중생활을 펼치며 주변 사람들을 속였고, 모니카는 그 모습에 경탄했다. 아무에게나 다 그런 것은 아니지만 니콜은 세련된 예의를 갖추고 있었기 때문에 그 누구도 그녀가 누리는 '밤의 여왕' 생활을 눈치채지 못했다. 니콜이 칸 출신 술집 주인 프랑크에게 친절한 말투로 '블로우잡'의 의미를 알려 주고 추파를 던졌을 거라고 그 누가 상상이라도 했을까.

크리스마스 저녁, 모니카는 이제 자신도 스릴을 즐길 때라고 마음먹었다. 그렇게 마음 먹자 낮부터 자기도 모르게 흥분 상태가 지속되었다. 모니카는 안도감이 뒤섞인 초조함 속에서 결국 거사를 감행했다. 마침내 자정이 되고, 모니카는 니콜을 따라 숙소를 몰래 빠져 나와 그녀와 함께 땀과 담배, 햄 샌드위치 냄새가 찌든 자동차 속으로 휩쓸려 들어갔다. 문이 쾅 하고 닫히자, 모니카는 김 서린 유리창에 이마를 갖다 댔다. 마치 수족관 안에서 보이는 것처럼 무언가 움직이는 형체들이 저 멀리서 사라졌다.

모니카는 그날 저녁을 제프와 함께 보냈다. 호주 사람인 그는 스물두 살에 190센티미터의 훤칠한 키를 뽐냈다. 그 남자 옆에 서 있기만 해도 도둑 소리를 들을 정도로 괜찮은 사람이었다. 하지만 안타깝게도 그는 성적 욕구가 결핍된 남자였다. 어쩌면 그의 뇌 나이가 노화되었을지 모를 일이었다. 그게 아니면 야외에서 격한 운동을 하면서 몸속의 에로틱한 충동을 모조리 비워 낸 것이 아닐까 싶었다. 그는 차 안에서 팔을 모니카의 어깨에 걸쳤는데, 그게 그가 보내온 유일한 유혹의 손짓이었다.

새해 전날 밤 새벽 2시, 이브는 범죄와 타락을 보여주는 증거물(담뱃갑, 맥주병, 목욕 수건)을 주변에 널브러뜨려 놓고 젖은 모래사장 위에 앉아 있는 두 사람을 목격했다. 한편 니콜은 작업 방식을 바꿔, 직접 나가는 대신 프랑스 문화에 대한 욕망을 모니카와 함께 묵는 호텔 방에서 채웠다. 매일 저녁, 그곳으로 현지 사람들을 불러들인 것이다. 그러는 동안 모니카는 습한 밤공기를 마시며 제프와 함께 호텔 주변을 배회했다. 제프는 조개껍데기를 줍거나 호주 오지에 서식하는 뱀 종류를 자세히 설명하거나 입술 끝으로 모니카에게 살짝 입맞추는 게 다였다. 모니카가 몇 차례 제프의 벨트 버클로 장난을 치거나 손을 제프의 스웨터 아래로 슬쩍 집어넣어 보았지만, 제프는 눈치 없이 그저 손으로 자신의 머리카락을 쓸어 넘기며 옆 가르마를 타기 바빴다.

이브는 그 두 사람이 전혀 성관계를 갖지 않고 정신적 교감만 하는 히피주의 커플이나 은퇴한 부부 같은 관계라는 사실을 깨닫지 못한 것 같았다.

그 다음 주, 이브는 모니카에게 말을 걸지 않았고, 모니카는 유령처럼 호텔 로비를 돌아다녀야 했다. 그러는 동안 니콜은 모니카의 엄마와 테니스를 쳤다.

몇 주 뒤, 휴가를 끝내고 제네바로 돌아오고 나서 제프가 모니카에게 편지(앨리스스프링스로 잘 돌아왔다는 얘기와 기관지염에 걸린 얘기가 전부인 편지)를 보냈다. 그러자 이브는 모니카를 창녀 취급하며 '앞으로 이 세상 움직이는 것들과는 모조리 섹스를 하며 살아갈 모습이 훤히 보인다'고 악담을 해 댔다. 결국 모니카는 외출 금지령 때문에 집 안에서 꼼짝도 못했고, 여름이 되어서야 3주 동안 로드아일랜드에 있는 니콜에게 놀러 갈 수 있었다.

그곳에서 자기 가족만큼이나 멀게 느껴지지만 그나마 친절하게 대해 주는 니콜의 가족들과 지내면서 어느 정도 인간미를 되찾았다. 둘이서 포르노 영화를 볼 때면 니콜은 시선을 화면에 고정시키고서 입가에 순진한 미소를 띠고 모니카의 팔뚝을 살살 문질렀다. 니콜한테 몸을 바짝 붙이고 보내는 여름밤은 감미로웠다. 그곳에서 지내는 하루하루가 정말 행복했다.

이브 2

1989년 10월의 어느 수요일, 해가 저물 즈음, 앙브라는 여행용 가방에 티셔츠 몇 장을 챙겨, 열아홉 살 이후 처음으로 머리카락을 포니테일로 묶고 마치 다른 세계에 있는 사람처럼 자식이 묻는 질문("휴가 가요, 엄마?")에 아무 대꾸도 없이 집을 나가 버렸다. 훗날 앙브라는 만약 그때 이브가 아이들에게 "아니, 화냥년이 지금 도망가는 거야."라는 말만 하지 않았으면, 다시 짐을 풀고 저녁을 준비할 수도 있었을 거라고 털어놓았다.

인생은 예기치 못한 방향으로 흘러갔다. 그날 저녁, 이브는 앙브라의 안경과 오페라 카세트가 놓여 있는 이노첸티를 타고 거리에 나갔다. 혹시나 하는 마음으로 두 눈을 부릅뜨고 입을 앙다물고선 어둠 속에서 앙브라를 찾아 헤매고 다녔다. 자동차 헤드라이트에 비쳐 앙브라의 실루엣이 창백한 귀신처럼 눈앞에 불쑥 나타나면 이브가 어떤 반응을 보일지는 쉽게 알 수 없었다. 도로로 당장 달려가 그녀를 품에 안고 그녀의 머리카락 향기를 맡았을까? 아니면 주인처럼 그녀의 팔꿈치를 붙잡아 조수석에 그대로 밀어 넣었을까? 그것도 아니면 길 한복판에서 그녀를 죽이고 시체를 가로등과 우체통 사이 어디쯤의 보도에 슬쩍 밀어 놓았을까?

앙브라가 떠난 뒤 몇 주 동안, 이브는 미국에서 가져온 대용량 탄산음료 잔에 위스키를 따라 마시기 시작했다. 50미리리터짜리 코카콜라 한 병을 통째로 부어 담을 수 있는 크기의 잔이었다.

앙브라는 가끔 아이들에게 전화를 걸었지만, 그녀가 있는 곳은 전화선 연결이 제대로 되지 않은 곳인 듯, 전화 너머 들려오는 목소리에 잡음이 섞여 찍찍거렸다. 주고받는 말은 늘 똑같았다. 긴장감이 흐르는 짧은 순간이었다. 모니카가 "우리 좀 찾으러 와요, 아빠가 미쳤어요."라는 말이라도 하면 이브가 불쑥 방으로 들어와 수화기로 달려들었고, 그렇게 통화는 끊기고 말았다. 앙브라는 어떻게 해서든지 자신이 있는 위치를 들킬 만한 사항을 절대 남기지 않으려 애썼다. 남반구에 있을 수도 있고, 아니면 길모퉁이에 있는 공중전화박스에 있을지도 모를 일이었다.

12월, 모니카는 이제 앙브라와 대화를 할 필요가 없다고 생각했다. 그녀의 어깨 위에 내려앉아 있던 검은 그림자가 이제는 집 전체로 퍼진 느낌이 들었다. 그림자는 사방의 벽면에 스며들어 남은 가족을 고립시키는 위험한 기운을 내뿜고 있었다. 밤만 되면 이브는 위스키를 퍼마시며 거실에서 캐럼 당구를 쳤고, 파브리스는 일본도로 침대 매트리스를 갈라 속을 파냈다. 어떻게 해서 파브리스가 일본도를 손에 넣게 되었는지는 아무도 알지 못했다.

이윽고 앙브라가 살 곳을 구했다고 전화로 알려 왔다. 제네바의 보헤미안 구역인 카루즈에 있는 작은 원룸이었다. 얼마 지나지 않아 다가온 크리스마스 저녁, 이브는 그곳으로 기어코 찾아갔다. 그는 앙브라의 목을 조르려 했지만, 도리어 앙브라는 이브의 왼쪽 손바닥에 가윗날을 박아 버렸고, 그 와중에 현관문은 박살이 나고 말았다.

이브와 앙브라, '금지' 파티,
1986년 12월.

이브 3

가족이 되고나서 몇 해 동안, 모니카와 이브는 누가 봐도 친 부녀 관계로 오해할 만큼 친밀하게 지냈다. 친부, 친자가 아니라는 비밀은 모두의 머릿속에서 금세 잊혀졌다. 심지어 이브가 결혼 몇 달 전, 젊은 이탈리아인 피앙세와 그녀의 팔에 매달린 창백한 얼굴의 금발 여자아이를 미리 소개해 줬던 사람들도 마찬가지였다. 앙브라와 이브의 결혼식 날, 애초에 존재조차 하지 않는 것처럼 여겨졌던 모니카는 그 다음 날 언제 그랬냐는 듯 마치 오래 전부터 함께였던 것처럼 새로운 가족에 녹아들어 있었다. 마치 하룻밤 사이에 두 사람의 인생 필름을 빨리 감기기라도 한 것 같았다.

1973년부터 1978년 사이 이브는 모니카의 인생에서 특별히 기억할 만한 일이 생길 때마다(공원, 말 타기, 크리스마스) 그녀의 모습을 카메라로 찍어, '모니카 Ⅰ, Ⅱ, Ⅲ, Ⅳ'로 제목을 단 앨범 컬렉션을 만들었다. 1977년, 모니카는 '어제 난 달에 갔어.'라는 제목을 붙인 첫 번째 소설의 시놉시스를 잡았다. 현대 여성 모험가가 외계인 부족과 맞닥뜨리며 겪는 외로움에 대한 이야기였다. 1979년부터 1982년 사이에는 진저 로저스와 프레드 아스테어가 나오는 뮤지컬 코미디를 빼놓지 않고 모두 챙겨 보았다. 이브가 모니카의 성적표에 사인을 했고, 앙브라는 통화하면서 이렇게 말했다. "모니카가 자기 아빠 머리를 쏙 빼닮았어(그런데 어느 아빠를 말한 걸까?)."

1979년, 이브는 모니카에게 어항을 하나 사 주었다. 앙브라가 마치 흘러내리는 물처럼 서서히 무너지는 동안에, 이브는 주말마다 모니카를 애완동물 가게로 데려가 새로운 종을 고르게 했다. 둘은 마치 다른 세상에 들어서듯 가게 안으로 들어갔다. 모니카는 야생의 향기와 열대지방 새들의 지저귐에 잔뜩 흥분해서 김 서린 유리창에 얼굴을 바짝 들이대곤 했었다.

심연에 관해

1990년 겨울, 속이 곰팡이로 뒤덮인 쓰레기통을 길에 내려놓고 한참을 멍하게 서 있을 때였다. 순간, 은밀한 곳에 숨어 있던 어떤 기억이 모니카의 의식 한편을 번쩍하고 스쳐 갔다. 거품이 심연에서 천천히, 아주 천천히 위로 떠오르듯, 숨겨 온 일상의 모습이 완벽한 고요함 속에서 느닷없이 떠올랐다. 숨 막힐 듯한 폭발과도 같이 어둠 속의 어항이 순간 환해지자 물고기들은 이내 해초 사이로 몸을 숨겼다. 그리고 이브의 손이 모니카의 잠옷 아래로 미끄러져 들어갔다.

슬픔에 관해

영상의학센터
렌느 거리 80번지
파리 6구

파리, 2012년 3월 14일.

MS님.

솔리냑 교수.
흉부 X선 사진.

적응증 : 공기가슴증

진단 : 오른쪽 폐에 폐렴 소견 확인됨.

주(註) : 질병의 내인은 무엇보다도 '감정'이 원인이다. 기본이 되는 다섯 가지 감정이 불균형 상태에 이르면, 신체 기관에 영향을 미칠 수 있으며, 각 감정마다 영향을 주는 기관들이 다르다. 애(哀)는 폐와 관련이 있다(침술 및 뜸, 마사지, 사혈 등 《한의학 개론》 발췌, 프레몰트 교수 저, 드라사제스 출판사.).

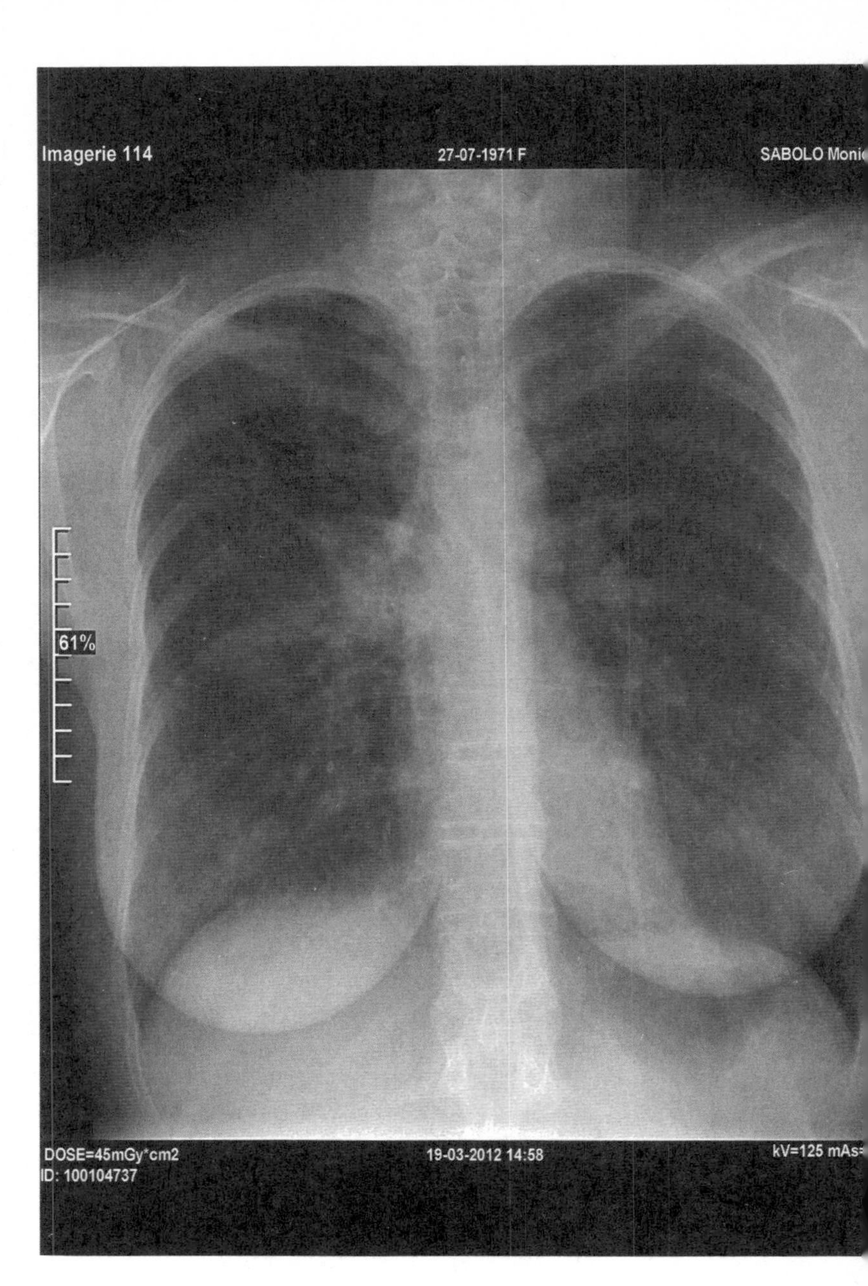
Imagerie 114
27-07-1971 F
SABOLO Moni
61%
DOSE=45mGy*cm2
ID: 100104737
19-03-2012 14:58
kV=125 mAs=

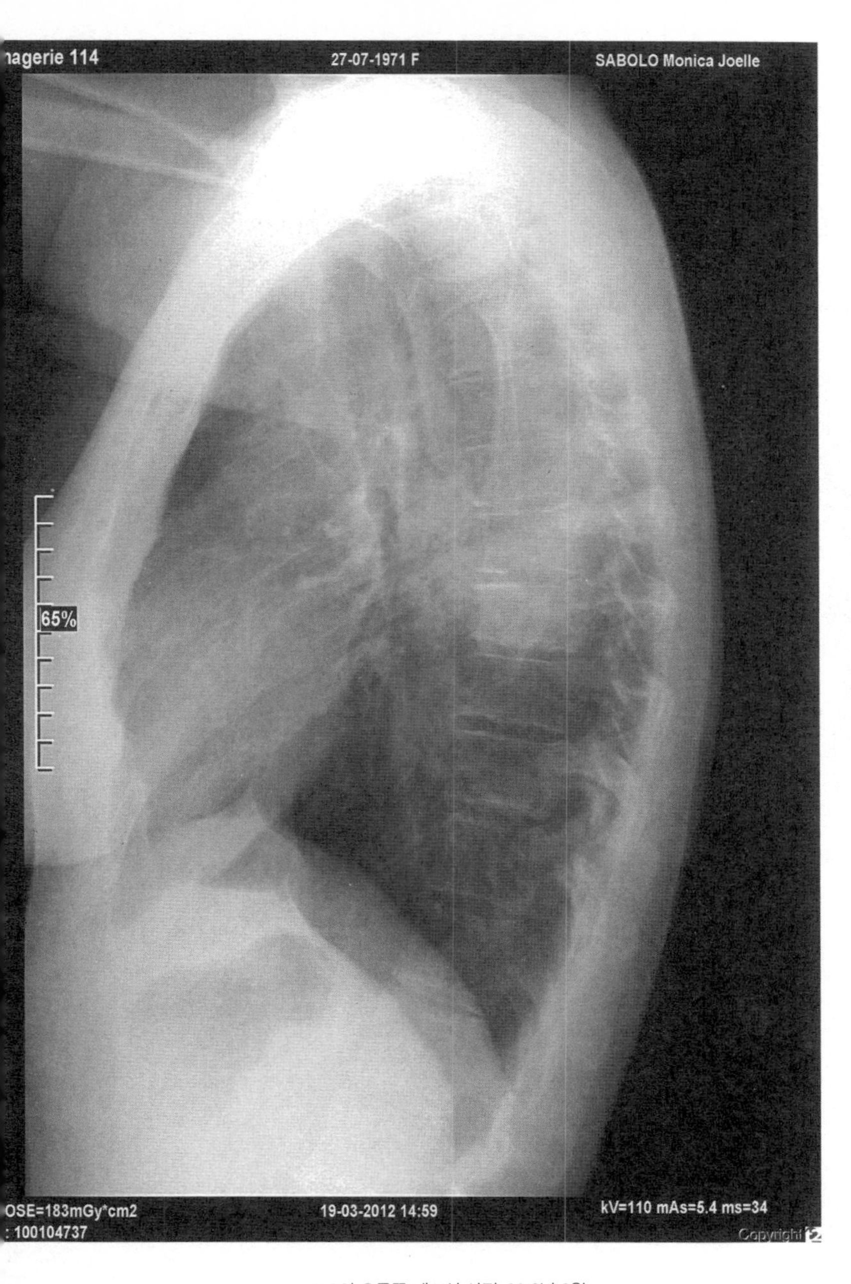

MS의 오른쪽 폐 X선 사진, 2012년 3월.

약

2012년 3~4월에 MS가 복용한 약 및 영양 보조 식품.

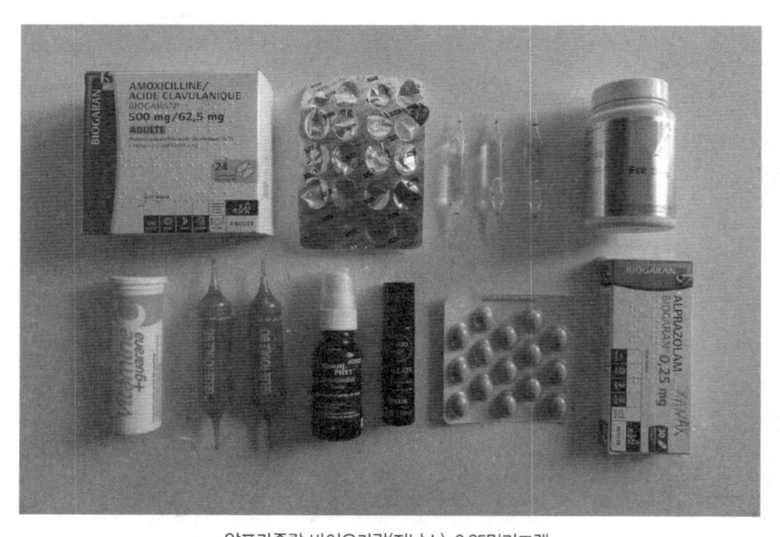

알프라졸람 바이오가랑(자낙스), 0.25밀리그램.
아목시실린/클라불란산 항생제 바이오가랑, 500밀리그램/62.5밀리그램.
비오 로얄젤리 앰플, 15밀리리터.
올리고솔 망가니즈/구리 앰플, 2밀리리터.
오메가비안, 고함량 오메가3 DHA.
마그네슘 비타민 B6.
SOS 스트레스, 100% 바하 플라워 요법.
롤러형 에센셜 오일, 엘릭시르앤코.
솜니피트 멜라토닌, 스프레이형.
비타민 C+ 과라나, 빠른 피로 회복, 츄어블정.
철분제, 비탈+, 27밀리그램.

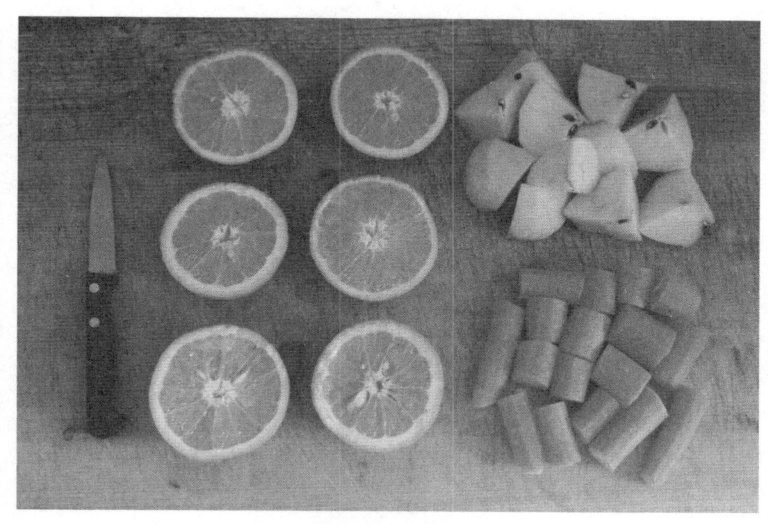

오렌지 및 당근, 사과 조각.

무력함

2012년 4월 MS가 작성한 메모를 그대로 옮겨 놓음.

내가 할 수 있는 것.

– 먹기.

– 마시기.

– 담배 피우기.

– 옷 입기.

– 외출하기(밤이 되기 전, 자주는 아님).

– 글쓰기(자주는 아님).

이 스쿠터는 XX의 것일까?

2012년 2월 MS가 찍은 사진.

2012년 4월 MS가 찍은 사진.

병이 도짐. 칸영화제. 2012년 5월 MS가 찍은 사진.

2012년 9월 MS가 찍은 사진.

위로의 물건

MS가 받은 위로의 선물(물건).

기적의 메달.
클레르 엠마뉘엘이 줌.

정결 의식에 등장하는
부르키나 파소의 부적 마스크.
티펜 D가 줌.

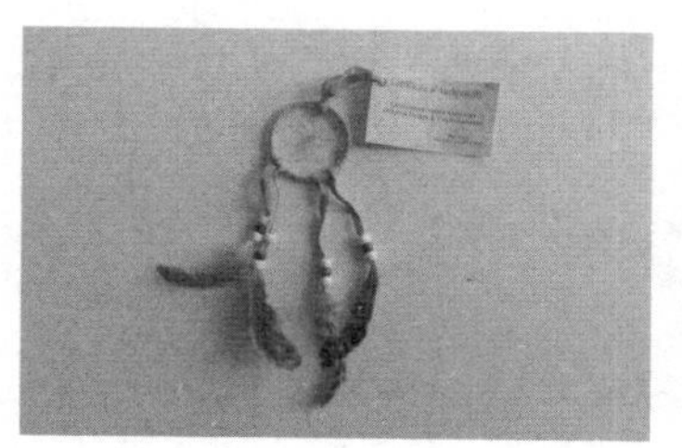

아메리카 원주민의 드림캐쳐.
플로랑스 W가 줌.

초능력 유발 회색 면 티셔츠.
아드리안 T가 줌.

앙드레 리우의 CD 피에스타.
샤를로트 R이 줌.

마리화나 봉지, 화이트 위도우, 네덜란드산.
빅토르 D가 줌.

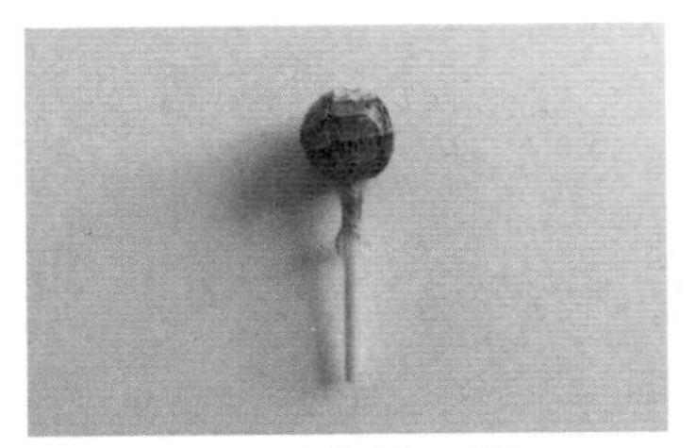

코카콜라향 츄파춥스 사탕.
프랑크 V가 줌.

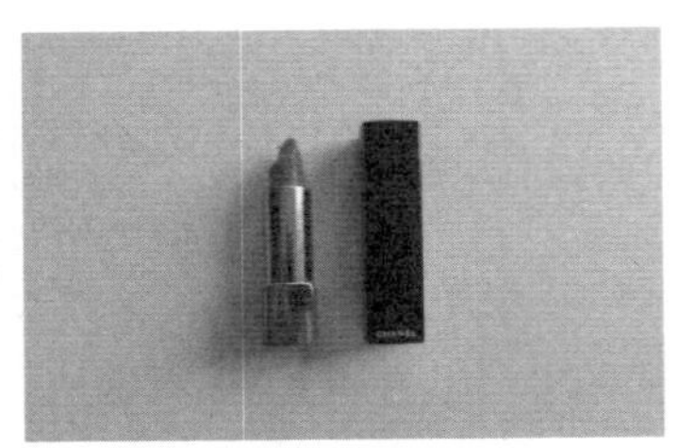

샤넬 알뤼르 18호 섹시 립스틱.
베네딕트 G가 줌.

어 브레스 오브 프레시 에어(A breath of fresh air)
LP판, 컴필레이션 앨범 피크닉, EMI Harvest.
알렉산드라 M이 줌.

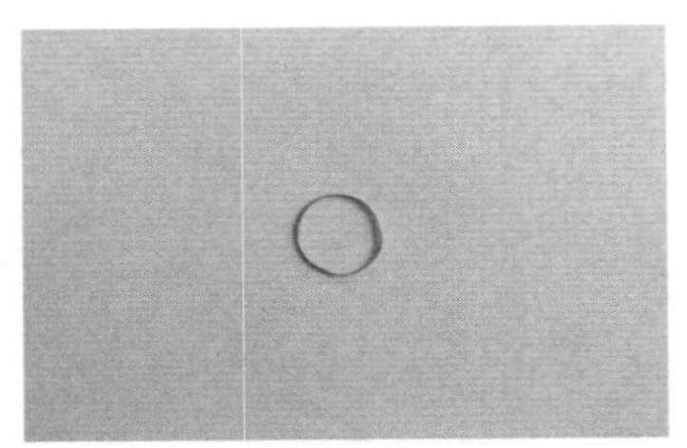

금반지.
사라 DB가 줌.

과테말라 선인장.
꽃이 핀 상태. 돌볼 필요가 전혀 없음.
에릭 G가 줌.

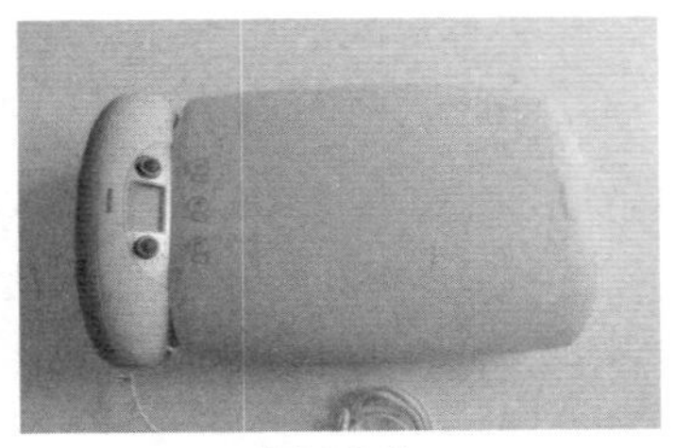

광치료용 램프.
티펜 D, 도리앙 D, 콤 MK,
소피 P, 클레르 T, 플로랑스 W가 줌.

MS가 받은 위로의 선물(책).

아니 에르노, 《단순한 열정》, 갈리마르 출판사.
오렐리아 P가 줌.

도날드 트럼프, 《반드시 해내겠다 말하라》,
러닝 프레스 출판사.
플로랑스 W가 줌.

소피 칼, 《둘뢰르 엑스퀴스》,
악트 쉬드 출판사.
엠마뉘엘 L이 줌.

《프랑스 바로크 시인이 말하는 그리스도의 수난》
라 디페랑스 출판사, 오르페 컬렉션.
도로테 JG가 줌.

그렉 버렌트 및 리즈 투칠로
《그는 당신에게 반하지 않았다》,
하퍼 엘리먼트 출판사. 아드리앙 I가 줌.

찰스 부코스키, 《사랑은 최악의 개》,
그라세 출판사.
얀 LP가 줌.

장-에데른 알리에, 《사랑의 슬픔》,
알리에 출판사.
콤 MK가 줌.

리디아 데이비스, 《이제 그만해》, 페뷔스 출판사.
발랑틴 F가 줌.

마리 나오미, 《키스 앤 텔: 0세부터 22살까지의
연애 요약》, 하퍼 퍼레니얼 출판사.
소피 P가 줌.

도미니크 드 생 마르스 및 세르주 블로크,
《사랑의 슬픔을 가진 릴리》, 알리그램 출판사.
쥘리아 B가 줌.

《마태복음》, 바야르 출판사.
아비뇽 관구에서 얻음.

마르셀 에메, 《알량한 남자》, 갈리마르 출판사
알린 G가 줌.

시마자키 아키, 《비밀의 무게》, 5권 전집, 바벨 출판사.
슈테판 츠바이크, 《감정의 혼란》, 스톡 출판사.
나딤 아슬람, 《헛된 기다림》, 쇠이유 출판사.
휴버트 셀비 주니어, 《감옥》, 10/18 출판사.
A.M. 홈즈, 《이 책이 당신을 구원하리라》, 악트 쉬드 출판사.
밀란 쿤데라, 《삶은 다른 곳에》, 폴리오 출판사.
세피 아타, 《희망은 있다》, 바벨 출판사.
조너선 프랜즌, 《자유》, 롤리비에 출판사.
티펜 D가 준 일련의 책.

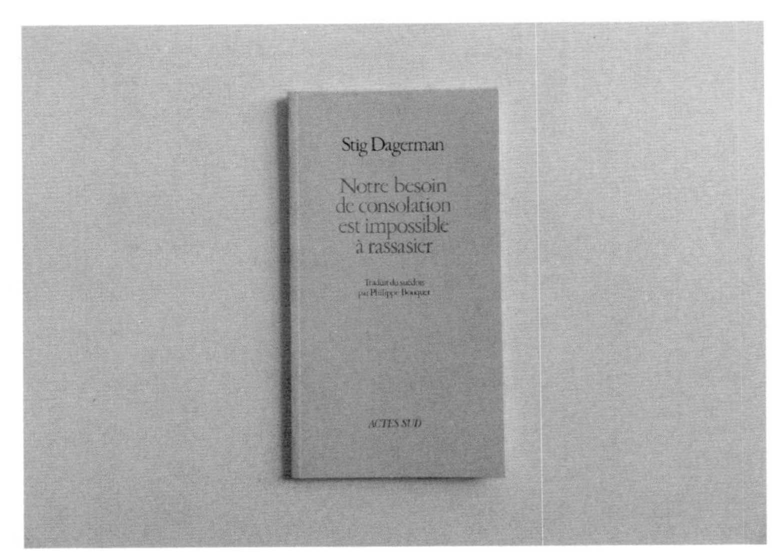

스티그 다게르만, 《위로 받고 싶은 마음은 결코 채워지지 않는다》,
악트 쉬드 출판사. XX가 줌.

그녀가 손에 쥔 꽃

12월의 어느 목요일, 모니카는 스위스 로잔에서 치러진 이브의 장례식에 있었다.

그날 하루는 마치 뿌옇고 차가운 어느 호수의 깊은 곳 어딘가에서 일어날 법한 전투를 치르는 것 같았다. 사람들이 건네는 말은 이상한 노랫소리처럼 들렸다. 거친 호흡과 낮은 주파수의 휘파람 같은 소리가 뒤섞인 소리였다. 마치 육지에서 멀리, 아주 멀리 떨어진 바다에서 돌고래 무리 사이에 끼여 헤엄치고 있는 듯했다. 조문객은 정어리 떼가 움직이듯 똑같은 모습으로 그러나 유연하게 무리를 지어 움직였고, 두 눈을 반짝이며 모니카에게 말을 건넸다. "부친께선 정말 대단한 분이셨지."

신부는 이브의 삶에 한 치의 의문도 없다는 듯, 단호하고 자신 있는 목소리로 기도문을 읊었다. 이어서 모니카의 남동생 파브리스가 단상에 올라 몇 마디 말을 내뱉었다. "우리 모두가 그를 사랑했습니다."

장례식은 지하 무덤을 떠올리게 하는 지하실에서 진행되었다. 검은 옷을 입은 남자 여럿이 식을 마무리하고자 숨죽인 분위기 속에 관으로 다가왔다. 그 순간, 불현듯 누군가 뛰쳐나왔다. 이브의 마지막 부인 프란치스카였다. 누가 말릴 새도 없이, 이미 높이 들어 올린 관에 매달리더니, 그곳에 걸려 있던 인조 장미 한 송이를 절절한 사랑의 몸짓으로 세차게 떼어 냈다.

모니카는 그녀가 손에 꼭 쥔 꽃을 바라보았다. 그 꽃은 유물이자 위안이며, 상자 깊은 곳에 놓인 과거의 흔적이었다. 비록 엉성하지만 영원히 변치 않을 인조 꽃잎 위에서, 사랑이 마치 밖으로 꺼낸 심장처럼 펄떡이고 있었다. 순간, 모니카의 폐가 터질 듯 부풀어 올랐다. 누군가가 자신을 두꺼운 껍질 밖으로 내던지는 것 같았다.

모니카의 손에 앉은 잠자리, 1977년.